望郷の海

侠客銀蔵江戸噺

稲葉 稔

時代小説文庫

角川春樹事務所

目次

望郷の海

侠客銀蔵江戸噺

●千代と荒物屋清吉の昔語り――

何だかそわそわして落ち着かないことってあるだろう。そんなときに、あの子は、ああもうそんな歳《とし》じゃなかったね。清吉《せいきち》もいくつになったのかねえ……。

千代《ちよ》は掃除の手を止めて、縁側に行って見事に花を開いた朝顔を眺めた。二匹の黒揚羽《あげは》が花の蜜《みつ》を吸おうと、朝顔のそばをひらひら飛び交っていた。

千代は手にしていた座敷箒《ぼうき》をそばに置いて、縁側にちょこなんと座った。箒の代わりに団扇《うちわ》を手にして、ゆっくりあおぐ。その目はどこか遠くの空を見ていた。

あれあれ、清吉の歳を考えているうちに、また銀《ぎん》ちゃんのことを思い出しちまったよ。そういや、いつから銀ちゃんと呼ぶようになったのかね……。

清吉だね、あの子が「銀ちゃん、銀ちゃん」と親しく呼ぶもんだから、あたしもいつの間にかそう呼ぶようになったんだね。

「銀ちゃん……か……」

千代は声に出してそういうと、しわの増えた口許《くちもと》に笑みを浮かべた。

何でまた銀ちゃんのことを思い出すのかわからないけど、しばらく顔を見せなかった清吉が、ちょこちょこやってくるようになったからだよ。あの男、来るたんびに銀ちゃんの話をしていってねえ。どうかすると二言目には、「銀ちゃん」だからね。

そんなことを勝手に思いめぐらしていると、案の定、戸口に声があった。

「はいはい、ちょいとお待ち」

腰をたたいて立ち上がると、戸ががらりと開いて、清吉が顔を見せた。

「何だ、閉めてなかったか……」

独りごちたが、清吉には聞こえなかったらしく、

「お千代さん、この前いってた草餅《くさもち》忘れず買ってきたぜ」

そういって清吉は草餅の包みを差し出した。

「お茶を淹《い》れるから待ってな。すぐ帰るわけじゃないだろ」

「わざわざここまで来て、すぐ帰るなんてことあるかい」

「減らず口は子供のときから変わらないね」

千代は台所に行って茶を淹れると、居間であぐらをかいて、煙管《キセル》を吹かす清吉に持っていった。

「……なんだい？　何かおれの顔についてるかい？」

千代がじっと見ていると、湯呑《ゆの》みを持った清吉が目をしばたたいた。

「何でもないよ。あんたも歳を取ったと思っただけさ」

「そりゃしょうがないよ。おれも四十半ばだ。お千代さんだって同じじゃないか、といっても歳より若く見えるけどな……」

清吉はずずっと音を立てて茶を飲んだ。

「お世辞でも嬉《うれ》しいこといってくれるよ。でも、ほんとあんたの髪も薄くなったし、白髪《しらが》も増えちゃって……」

「そんなのほっといてくれ」

清吉は口でいうほど機嫌を損ねているふうではない。湯呑みを膝許《ひざもと》に置くと、あらためて千代を眺めた。しみじみとした目だった。

「変わりないようだな」

「変わり映えのない日をつぶして生きているだけだよ。変わるときはあの世に行くときだろうよ」

「縁起でもねえことを……。でもおれもときどき、疲れることがあるんだ。いっそのこと早くあっちへ行って、銀ちゃんに会いてえと思うときがねえ」

ほら来たと、千代は思った。この男、おそらく銀ちゃんの昔話をしたくてやってきているのだろう。だが、そう思う千代も銀ちゃんの話をするのが楽しみでもあった。

「誰でも疲れるときはあるじゃないのさ。人と交われば、それだけ面倒が多くなるし、かといって一人っきりじゃ寂しくもある。人間ってえのは我が儘《まま》な生き物だね」

「そうだね。勝手な生き物だ」

清吉は湯呑みを吹いて、茶を一口すすった。それから明るい午後の光に溢《あふ》れる庭に視線を投げた。どこか遠くを見る目だった。銀蔵《ぎんぞう》もよくそんな目をした。だから千代は口に出していった。

「あんた、いつの間にか銀ちゃんの癖が移ったようだね」

「……どんな？」

清吉がひょいと顔を向けた。

「銀ちゃんはよく遠くを見ていただろう。あたしゃその横顔を見ると、いつも胸がきゅっとなったね」

「……へえ」

「どうしてあんな目をしたのか、あんたにはわかっているかい？」

清吉はしばらく考えていたが、あきらめたようにつぶやいた。

「銀ちゃんは考え事が多かったからな」

「そうじゃないさ。あれは実家のことを思っていたのさ。海の向こうにある木更津《きさらづ》の家のことをさ。あたしゃ、最後まであの人は生まれ故郷に未練があったと思うんだ」

清吉はふうんと、感心したようにいって言葉を足した。

「銀ちゃんは海が好きだったからな。だけど、お千代さんがいうように、そうかもしれねえ。いつも海のずうっと向こうを見ていたもの。……いつだったか、二人して岸壁に座っているとき、いわれたことがあるよ」

千代は耳を傾けながら蚊遣《かや》りに火を入れた。

「おまえには親はいねえが、大事にしてくれる人の恩は死ぬまで忘れるんじゃねえぜって。それから、自分を生んでくれた親にも感謝しろってねえ。おまえは親のことをほとんど覚えちゃいねえだろうが、生んでくれた親がいたってことを忘れちゃならねえと」

「ほんとだね」

「それから、この世に生まれたってことは、何かしら世の中の役に立っているんだって。そこにある棒切れだって、ただ転がってるんじゃない。人の役に立ってきたかもしれないし、葉をつけているときは虫のためになっただろうし、これから憂さを晴らす人間がやってきて、その棒切れを海に投げて、心をすっきりさせることだってある。

だから、人は生まれてきたからには何かしらの役に立っているはずだ。世間様のために役に立たなきゃ、まわりの誰かのためになっている。そうでなきゃ、犬や猫、ひょっとすると虫のために役に立ってるのかもしれねえ。人間、腐ったら終わりだ。前を見て生きてりゃ、きっといいことがあるってねえ」

「そんなことをいったのかい？」

「銀ちゃんには何でも教えられたよ。親が人殺しでも、罪人だったとしても恨んじゃならねえってね。生んでもらったんだから、そのことだけでも感謝しておけって。まったくだと思うよ。でも、何であんなにできた人だったのかねって、いまさらながら思っちまう。お千代さんはそんなことなかったかい……？」

千代は膝の上にのせた湯呑みをさすって、清吉を眺めるように見た。

「……そうだね、はっとすることは何度もあったよ。目から鱗《うろこ》が落ちるようなことはね。だけど、最初からそうだったわけじゃないさ。若いときゃ、はらはらすることをやっていたし、叱《しか》り飛ばしたこともあるよ」

「銀ちゃんを、かい？　叱ったのかい？」

清吉は目を丸くした。

「もちろんあったさ。あたしより六つか七つ若かったんだ。だけど、あの人はほんとおまえさんがいうように、少しずつ、そりゃごつごつした粗い岩肌から薄い皮が一枚一枚剝《は》がれ落ちていって丸くなっていくように、いい男になったね。でもね、あたしゃ、銀ちゃんは孤独な人だったと思うよ。傍目《はため》にはそう見えなかったかもしれないけどね……。きっと堪《こら》えどころを知っていたんだろう。いつどういうときに耐え忍ばなきゃならないかってことを……。あたしなんかより、ずっと我慢強かったね。それに、おまえさんがいうように親兄弟のことを忘れていなかった」

「そういう家族があったからだろう」

「だけど、会えなかったんだよ。いや、会わなかったといったほうがいいか……」

千代は茶に口をつけて、蚊遣りの煙を手で払った。

どこかで金魚売りの声がしていた。縁の下では蟋蟀《こおろぎ》が思い出したように鳴いていた。

「おれは知ってるんだ」

清吉がそんなことをいった。いまだからいっちまうがと、言葉を足す。

「なんだい？」

「銀ちゃんが一番好きだったのは、お千代さんだったんだ」

「まさか」

打ち消すようにいったが、千代は薄々気づいていた。それでも聞かずにはおれなかった。

「どうしてそんなことを……？」

「銀ちゃんはいつだってお千代さんを抱くことができた。その気になりゃ、お千代さんだって許しただろう」

「また、あんたはいきなり……」

千代はわずかに赤面して、手に持った湯呑みをさすった。

「だけどな、銀ちゃんはそんな仲になりゃ、何もかも終わりだと思っていたんだ。お千代さんのことが大好きだったから、いや一番大事な人だったから、抱けなかったんだ」

そうかもしれないと、千代は思う。また自分も銀蔵と同じ気持ちだったことに気づいていた。だけど、いつも馬鹿と心のなかで詰《なじ》っていた。

いまも、馬鹿だと思う。銀蔵のことも自分のことも。銀蔵があゝなるんだったら、いっそのこと抱かれてもよかったのだ。だけど、そうしなかったから、いまもこうやって銀蔵のことを思えるのかもしれない。

「……そりゃあんたの勘繰りだよ。そんなことはなかったさ」

千代は清吉のいったことを心の内で認めはしたものの、言葉では否定した。清吉はそのことには取り合わないで、他のことを口にした。

「銀ちゃんが、人間として大きくなったのには、いったいどんなきっかけがあったんだろうな？　いまもお千代さんはいっただろう。銀ちゃんを叱ったって……。粗い岩肌が丸くなっていくようにって……。何か知ってないかい？」

清吉は真剣な眼差《まなざ》しを向けてくる。

千代は口許に小さな笑みを浮かべて、茶柱の立つ湯呑みを見、それから表に目をやった。

「……そうだね。何だったんだろうね。いろいろあったと思うけど、きっとあの一件が銀ちゃんを変えたんじゃないかねえ。それこそ、枝島茂吉《えだじまもきち》っていう親からもらった本当の名を捨て、木更津の銀蔵になったのは、あれからじゃないかねえ」

「あれからじゃわからねえよ」

千代はやさしい笑みを浮かべて、清吉を見つめた。

そのとき、また例の声が聞こえてきた。千代ははっと目を瞠《みは》った。

「清吉、聞こえたかい？」

「……ああ、まただ。銀ちゃんだろ」

清吉は部屋の四方に視線をめぐらした。だが、人のいる気配はない。ないが、そこにたしかに誰かがいるのだ。

――気づかれちまったか……。もっともおれのほうから声をかけたんだから、気づかれて当然だろう。それにしても黙って聞いてりゃ、相も変わらず勝手なことを話しやがって。

千代の耳には今度こそはっきり聞こえた。清吉は口を半開きにして、目をしばたたき、やっぱりそうだとつぶやく。

――やっぱりそうだもこうだもねえさ。お千代さんがいってることは、何となく察しがついたぜ。いまさら隠すつもりはねえが、間違いがあっちゃならねえ。

「やっぱり銀ちゃんだね。どこにいるんだい？」

千代は部屋のなかを見まわした。

――目の前にいるよ。まあ、おまえさんらには見えねえのはしょうがねえさ。それより、ゆっくり茶でも淹れて、ほら、清吉がせっかく買ってきた草餅があるじゃないか。それでも食いながらおれの話に耳を傾けるといいさ。

「お言葉に甘えてそうさせてもらおうかね」

千代は嬉しさを隠しきれない笑みを浮かべると、茶を淹《い》れ替えて、草餅の包みを解いた。それから、姿の見えない相手に声をかけた。

「それじゃ、銀ちゃんやっとくれ」

第一章　依頼

一

弘化三年（一八四六）六月――。

銀蔵は二十三になっていた。江戸にやってきて三年目の夏だ。

長かった梅雨《つゆ》が明け、いまや夏真っ盛りで、蟬《せみ》の声がかしましく、空には乳白色の大きな入道雲が浮かんでいた。

銀蔵は暇ができると訪ねる鉄砲洲《てっぽうず》の茶屋「千鳥《ちどり》」で、のんびり煙草《タバコ》を呑《の》んでいた。戸口の先に出来た葦簀《よしず》の影は濃く、通りはかんかん照りのせいで白く干上がっている。水打ちをしても、すぐ乾いてしまうほどだ。

しかし、河岸場の先に広がっている内海（江戸湾）は、日の光にまぶしく光り輝いている。沖合には白い帆を張った漁師舟が、点々と浮いていた。

煙管《キセル》の吸い殻を灰吹きに落としたとき、葦簀の陰になっている縁台に、勤番《きんばん》武士と思われる男が二人腰をかけた。近くには肥後《ひご》新田藩（熊本）、豊後《ぶんご》岡藩（大分）、因幡《いなば》若桜藩（鳥取）などの江戸藩邸がある。

二人とも若い侍で、江戸表にやってきて間もないように思われた。店の養子になっている娘おしずが、二人のもとへ行き注文を取って引き返してきた。あぐらをかいてくつろいでいる銀蔵をちらりと見て、

「冷や水のお代わりしますか？」

と、えくぼを作って聞いた。

「頼む」

微笑《ほほえ》んで応じると、おしずはそのまま奥に下がった。出会ったころは十七の小娘だったが、いまや二十歳の立派な女だ。嫁いでもいい歳だが、その気がないのか、あるいは縁談を断っているのか、いまだに独《ひと》り身だった。

団扇《うちわ》を使っていると、おしずが冷や水を持ってきてくれた。

「悪いな。親爺《おやじ》さんの顔が見えないが、どうした？」

さっきから気になっていることだった。

「お医者にかかっているんです。そろそろ帰ってくると思うんですけど」

「どこか悪いのか？」

「何でも胸が苦しくて眠れないらしいんです」

「胸が……？　咳《せき》はどうなんだ？」

「咳はそうでもないんですけど……」

「たいしたことじゃなけりゃいいな。客を待たしちゃ悪いよ」

銀蔵は表の縁台に座っている侍をちらりと見た。おしずは心得た顔でそっちに行った。色が白いので、蹴出《けだ》しにのぞく白い足が日の光にまぶしかった。それにここのところ少し太ったのか、尻の肉置《ししお》きが豊かになっている。

そんなことを観察していると、客に茶を持っていったおしずが戻ってきた。

「ゆっくりしていってください。おとっつぁん、じきに戻ってくると思いますから」

おしずはちょこんと辞儀をして、奥にある板場に帰っていった。

「……おとっつぁん、か……」

銀蔵はおしずを見送ってつぶやいた。以前、おしずは養父母である主《あるじ》夫婦のことを「旦那《だんな》さん、女将《おかみ》さん」と呼んでいた。ところが、いつの間にか「おとっつぁん、おっかさん」と、自然に呼ぶようになっていた。

冷や水をすすっていると、表の縁台に座っている侍の話し声が聞こえてきた。

「……あの黒船はどこに行ったんだろうな？」

「国に戻ったんだろう。いつまでもうろうろしちゃおるまい」

黒船騒動があったのは、つい先月のことだった。目の前の海に二隻の黒船が突如現れ、そのまま姿を消したと思ったら、四日ほどあとに再び浦賀沖に現れ、大騒ぎになった。銀蔵はその船を見てはいないが、千石船よりはるかに大きな軍艦だったらしい。

市中にはいろんな噂《うわさ》が流れ飛び、異国が攻めてくるのではないかという物騒な話も持ち上がった。しかし、幕府が国交を求める黒船を拒絶したことで、騒ぎはいつの間にか収まっていた。

「……諸国は海岸の防備を固めるために躍起になっていると聞いたが、国表《くにおもて》も海に近い、どうなっているのか気になっておるのだ」

「おれたちが心配したところで、どうなるものでもない。それより、一度見ておきたかった。どれだけ大きな船だったのだろうな」

「ふむ。わしも見たいと思っていたが、あいにく作事方に呼ばれて抱屋敷《かかえ》の掃除番だった。あんなときにかぎってやくたいもない掃除とは、わしもついとらん」

二人の侍の話題はそんな話から、愚にもつかぬ世間話に移っていった。

銀蔵は主の喜兵衛《きへえ》の顔を見て帰ろうと思っていたが、しばらくして腰を上げた。

「お帰りですか……？」

下駄音をさせておしずがやってきた。心なし寂しそうな顔をする。

「用事があるんだ。また来るよ」

「そうですか。それじゃお気をつけて……」

おしずは表まで出て、銀蔵を見送った。

縁台に座っていた二人の侍は、去年の暮れ火事になって全焼した吉原のことを話し合っていた。

銀蔵がしばらく行って振り返ると、まだおしずは日盛りのなかに立って見送っているのだった。何となく後ろ髪を引かれる思いだが、銀蔵は幸橋《さいわいばし》に足を向けた。

お堀に架かる橋を渡れば、幸橋御門となるが、その手前には久保町原《くぼちようがわら》と呼ばれる広場があり、そこに御救小屋《おすくいごや》が出来ていた。これは今年の正月明けに、小石川から出火した火が佃島《つくだじま》まで延び、京橋一帯が焼けるという大火があり、家を失ったり暮らしに困った人を救うために作られたのだった。

さいわい火は翌日には鎮火したが、町屋と武家地に多大な被害をもたらしていた。

昨年暮れにはさっきの侍が話していたように、吉原が全焼するという不幸もあり、幕府は諸藩や豪商などに施行《せぎよう》を呼びかけて、御救小屋で救恤《きゆうじゆつ》を行っていた。

千鳥をあとにした銀蔵は築地《つきじ》から木挽町《こびき》を抜け、汐留橋《しおどめ》を渡って久保町原の御救小屋に向かった。

日を追うごとに暑さは増しており、ぎらつく日の光が地面を灼《や》いている。雪駄《せった》からはみ出している指でその暑さが感じられる。歩くごとに汗はじわじわと溢《あふ》れ、着流しが背中に張りつく。銀蔵は手拭《てぬぐ》いで、首筋や額をぬぐいながら歩かなければならなかった。

足を止めたのは二葉町の外れに来たときだった。小屋の前に盆山の吉松《よしまつ》の姿が見えたからだった。そばに二人の子分がついている。小屋の前に立っている三人は、にぎり飯や食い物をもらいに来ている男や女たちを眺めていた。

火災直後は大勢の人間が詰めかけ、炊き出しを受けていたが、もう半年がたっているので、その数は少ない。小屋も近いうちに撤去されると聞いていた。

銀蔵はまわりを見て、茶問屋の庇《ひさし》の陰に身を移した。風でもあればよいが、あいにくそよとも吹いていない。汗は立っているだけで、全身の皮膚からにじみ出してくる。

吉松は誰に声をかけるでもなく、救恤を受ける男や女たちに目を注いでいた。鉄砲洲の五郎《ごろ》七《しち》一家の男だが、他家からやってきて盃を受けていた。いわば外様《とざま》なので、跡目を継ぐことはできない。しかし、いまや一家の誰もが、五郎七親分の跡を継ぐのは吉松しかいないと密《ひそ》かにささやいている。

本来なら番頭格の左平次《さへいじ》が跡目なのだが、酒が過ぎて体をこわしてどうにもならなくなっていた。だが、吉松は義理堅い男で、跡目は他の者が継ぐべきだといっている。銀蔵は汗が落ち着いたところで、日盛りのなかに足を進めた。吉松のそばにいた栄次《えいじ》という子分が気づいて、吉松に銀蔵のことを教えた。

厳しかった吉松の顔がわずかにゆるみ、銀蔵を見た。だが、目には博徒特有の光がある。

「見えていたんですか……」

銀蔵は声をかけてそばに行った。

「ああ、ちょいと様子を見にな。あと五日でここはしまうらしい」

「あと五日ですか……。昨日はそんな話は聞きませんでしたが……」

「おそらく昨日のうちに決まったんだろう。お上のやることだ」

「……それでどうです？」

「見ねえな」

吉松は扇子を広げて胸元に風を送った。

その目は小屋に出入りする男女に注がれている。小屋には公儀役人が二人詰め、番人が三人立っている。窮民の世話をするのは、近所から駆り出された町の男や女だ。

食い物をもらいに来る者たちは、誰もがよれたなりで、髪も乱れていた。裸足《はだし》の者も多い。なかには乞食《こじき》と見まがうような子供の手を引いている女もいた。

銀蔵や吉松は吉原から逃げた花魁《おいらん》を捜しているのだった。江戸町二丁目にあった夕《ゆう》凪楼《なぎろう》という傾城屋《けいせいや》にいた売れっ子で、名を藤巻《ふじまき》といった。

吉原は復興の最中だが、まだ営業再開までには至っていない。筵《むしろ》がけの小屋でしのいでいる店もあるが、大半は営業休止状態だ。それに、火事で焼け死んだ遊女たちも少なくなく、傾城屋の経営者たちは女捜しもしていた。だが、火事にまぎれて足抜けをした遊女も少なくない。足抜けとは廓《くるわ》から逃亡することだ。

売れっ子花魁だった藤巻は〝足抜け〟と見られていた。捕まればひどい仕打ちが待っている。しかし、その藤巻を救おうとしているのが、鉄砲洲の五郎七だった。

「何が足抜けだ。火事場から逃げただけじゃねえか。それのどこが足抜けだっていうんだ」

それが五郎七のいい分である。

「店に帰ろうにも、帰る店がねえんだ。だったらおれが引き取ってやらァ」

藤巻の贔屓客《ひいきかく》でもあった五郎七は、これをいい機会だとばかりに自分の女にしようとしているのである。つまり囲ってやるというのだ。

銀蔵や吉松はそのために藤巻を捜しているのだった。

「その辺で涼むか……」

吉松が銀蔵の肩をたたいて、近くの水茶屋にうながした。

二

店のなかの縁台に座って冷や水をすすっているうちに汗が引いた。

「親分も無理なことをいうもんだ」

いささか辟易《へきえき》した口調で、吉松は扇子をあおぐ。袖《そで》をまくりあげ、胸をはだけていた。

「足取りでもわかってりゃいいんでしょうが、それもありませんからね」

銀蔵はそういって煙管に火をつけた。

「まったくだ。しかもこれだ……」

吉松は藤巻の人相書きを手許《てもと》に置いた。

五郎七が知り合いの絵師に頼んで作らせたものだ。本人に会ったことのない銀蔵や吉松には、それが唯一の手がかりであった。

「化粧してやってくりゃ、そりゃまあ見分けはつくだろうが、吉原から逃げたまま化粧してるとは思えねえ。どんな素顔なのか、この絵からじゃ何もわからねえからな」

まったくだと同意する銀蔵は、汗に濡《ぬ》れた人相書きを眺めた。一家の誰もが、その人相書きを持たされていた。

藤巻の特長は、つんと少し上を向いた鼻とその脇にある小さな黒子《ほくろ》だった。また、襟足《えりあし》のところにも小豆大の黒子が二つあるということだった。人相書きより、そっちのほうが頼りになる。

「こんなことといっちゃいけないでしょうが、親分もあきらめが悪いですね」

「そう思うのはおまえだけじゃないさ。おれだって他のやつらだって同じことを思っているさ。だが、口に出しちゃいえねえしな」

「とんだ暇暮らしってわけだよ」

そういうのは栄次だった。兄貴分の吉松が物わかりがいいので、遠慮がいらないのだ。

「しかし、御救小屋があと五日で終われば、あとはどこで捜します?」

銀蔵は紫煙を吹かして、吉松を見る。日の光が顔の半分にあたり、あとの半分は陰になっていた。目だけが光っている。

吉松は小さくため息をついて、自分も煙草を呑んだ。苗蔵《なえぞう》という子分が煙草盆を、吉松のそばに滑らせた。

「……もうお手上げさ。親分にあきらめてもらうしかねえ」

吉松は嘆息して、言葉をつないだ。

「稼ぎもあるんだ。女より、そっちのほうが大事だってことは親分もわかっちゃいるだろうが……どうしたものか……」

鉄砲洲一帯を縄張りにしている五郎七は、湊河岸《みなとがし》の網元も兼ねている博徒で、手堅い稼ぎをしている。網元と賭場《とば》の実入りと、付近の商家からのみかじめがそのほとんどだ。

「だが、まあおまえは少し粘ったらどうだ?」

吉松は表に目を向けたままいう。

五郎七は藤巻を見つけたら二十両の賞金を出すといっている。銀蔵にとっては大きな収入だ。

「これぱっかりは運にまかせるしかないでしょう」

そういうと、吉松が顔を戻して目を細めた。

「うちの一家に草鞋《わらじ》を脱いだらどうだ」

「……稼ぎを心配してもらうのはありがたいですが、それぱかりはできないんです」

銀蔵は五郎七一家の者ではない。食客にもなっていない。ただ、頼まれた仕事を受けるだけだ。それも吉松からの頼まれごとがほとんどである。やくざにはなりたくないと思っている。そのじつ、付き合いのほとんどがやくざ者というのが皮肉だった。

「おまえさんも強情だな。まあ、このことはもう二度と口にしないでおこう。さ、もう少し見張ってから帰るとするか」

煙管の灰を落として、吉松が腰を上げた。

御救小屋の前で騒ぎが起きたのはそのときだった。

泣き声に混じって、女の悲鳴ともつかないわめき声がしたのだ。声のほうに顔を向けると、もう人だかりが出来ていた。

茶店を出た銀蔵が人垣を割ってのぞき込むと、ひとりのみすぼらしい女を三人の男たちがよってたかって足蹴《あしげ》にしていた。女のそばでは小さな少女が泣いている。

「どうしたんだ?」

銀蔵は隣に立つ男に聞いたが、わからないと首をかしげる。だが、女を足蹴にする男の声で察しがついた。

「ひったくったんじゃねえか、出せといってるだろ」

「これはあたしがもらったんだい。殺すなら殺せ。その代わり娘に手出ししたら、呪《のろ》い殺してやるからなあ！」

　女は金切り声で叫び、蹴られた腹を庇《かば》って海老《えび》のように丸まった。

「いいから取り上げるんだ」

　三人の男たちが女の着物を探りはじめたが、女は苦しさに耐えながら必死で懐《ふところ》を押さえていた。

「おい」

　銀蔵は声をかけて、一人の後ろ襟をつかんで突き飛ばした。さらにもう一人の腕を取って、女から離した。

　三人目の男に手をかけたら、

「邪魔するんじゃねえよ。ぷッ」

　いきなり手を払われ、つばを吐きかけられた。

「…………」

　銀蔵は顔にかかったつばを、静かに手のひらでぬぐった。

「やめねえか」

　もう一度いって肩をつかむと、男は目をぎらつかせてにらんできた。だが、銀蔵の背後に立つ吉松と二人の子分に気づき、急に怖《お》じ気《け》づいた顔になった。

「乱暴はよしなっていってるんだ。話を聞かせてくれ」

銀蔵はあくまでも冷静なものいいをした。男が腰を上げた。すると地面に転がっていた女が、半分泣き声で罵《ののし》った。

「あたしゃひったくってなんかいやしないよ。順番が回ってきたから、それをもらっただけじゃないか。人を泥棒猫みたいにいいやがって……力ずくであたしの金を取ろうとしたのはそっちじゃないか」

どうやら女は施行の金をもらったらしい。

銀蔵は男に目を向けた。

「そういうことか……」

「いや、そうじゃないんだ。この女よりおれたちのほうが早く並んでいたんだ。それを追い越して先にもらいやがったんだ」

男は震えながら娘を抱きしめている女に目を向けた。銀蔵も女を見た。そのときになってやっと、御救小屋に詰めている役人がやってきた。

「騒ぎはいかんといってあるだろう。いかがした?」

羽織袴《はおりはかま》の役人は女と揉《も》めていた男たちを眺めた。

「布施をこの女に取られたんです」

男の一人がいった。女が違うと、金切り声を発する。

「話を聞くので小屋にまいれ」

役人は強くいって、突く棒を持った番人に顎《あご》をしゃくり、それから野次馬に帰るように指図した。

「銀蔵さん、これを……」

三人の男と少女の手を引いていく女を見送っていると、苗蔵が手拭いを差し出した。

「すまねえ」

銀蔵は顔についたつばをぬぐった。

「布施金はいくらなんだ？」

「ひとり五百文だと聞いてます。何でも増上寺《ぞうじょうじ》からの施行だそうで……」

「五百文か……」

銀蔵は苗蔵に手拭いを返した。五百文は大工の日当とほぼ同じぐらいだ。

「銀蔵、おれたちゃ引き上げるが、どうする？」

吉松が顎を撫《な》でながら聞いた。

「もう少し見張ってみます」

「そうか、涼み酒でもやりたくなったら遠慮はいらねえから、おれの家に来な」

「へえ、何もなけりゃ遠慮なく」

軽く辞儀をして吉松を見送った銀蔵は、御救小屋に目を向けた。野次馬たちは三々五々散らばっていた。小屋の前にあった人の姿も少なくなっていた。

銀蔵はさっきの母娘《おやこ》のことが気になっていた。

三

小屋から先に出てきたのは、その母娘だった。しょんぼり肩をうなだれた母親は、少女の手を引きながら銀蔵のいる茶店の前を通り過ぎ、芝口橋のほうに去っていった。

それからしばらくして、三人の男たちが出てきた。この男たちは母娘とは違う方向に歩き去った。

銀蔵は茶店の縁台に座って時間をつぶした。だが、目当ての藤巻らしき女を見ることはなかった。空を見上げると、日が傾きはじめていた。葦簀の影も長くなっている。変わらないのは騒がしい蟬の声だけである。

藤巻を見つければ二十両という大金が入ってくるが、銀蔵には他にやることがあった。こちらが目下の稼ぎになっている。

さあ、ぼちぼち行くかと、心の内でつぶやいて腰を上げた。

銀蔵は吉松やその子分と同じ着流しだが、襟を抜いたり胸元をはだけたりはしていない。粋がって肩で風を切るような歩き方もしない。ごく普通にしているだけで、何らその辺の町人と変わらない。

だが、少なからず銀蔵を知っている者は、顔を見れば軽く会釈をしてくる。博徒一家の息がかりだと知っているからだ。銀蔵が関《かか》わりを持っているのは、五郎七一家の他に深川の忠蔵《ちゅうぞう》一家がある。

忠蔵も鉄砲洲の五郎七が網元をやっているように、川普請人足《にんそく》の手配師という表の稼ぎがあった。もちろん裏では賭場も開帳するし、深川の岡場所を牛耳《ぎゅうじ》ってもいる。

銀蔵がしのぎにしているのは、忠蔵一家の金三郎《きんざぶろう》の手伝いだった。

「店頭《たながしら》」という仕事で、これは岡場所の女郎や店から一晩にいくらという決まった上《うわ》前《まえ》をはねることだった。その代わり、いざ何か問題が起こると、体を張って店や女郎たちを守る地回り仕事だ。

町屋を縫い歩き、三十間堀に出た。傾きかけた日の光を受ける堀川の水面には、あめんぼたちが浮かんでおり、滑るように行き交う舟の波に揺られていた。

銀蔵が足を止めたのは紀伊国《きのくに》橋のそばに来たときだった。さっきの母娘が、行き場を失ったように橋のたもとに佇《たたず》んでいたからである。

ちょうど柳の木の下なので、涼を取っているように見えるが、その顔は思い詰めたように暗い。あどけない少女も、力ないぼんやりした目を、町屋の遠くに向けていた。

「おかみさん」

近づいて声をかけると、顔を振り向け、はっと驚いたように目を瞠《みは》った。少女は胡《う》乱《ろん》な目で見てくる。

「布施の金はどうなった？　もらえたのかい？」

女はか弱く首を振った。

「それじゃあの男たちに……」

「いいえ、お役人に騒ぎを起こした罰だ、せっかくの厚意を無にしたも同じだからやれないといわれました。……あの男たちが因縁つけるようなことをいわなきゃ、もらえたんですけど……」

「それじゃ金は役人たちが取り上げたっていうのか？」

「つぎに来た者にやるといっておりました」

女は深いため息をついた。少女が足許の小石を蹴った。小石は日を照り返す三十間堀に落ちて、ぽちゃんと音を立てた。

母親は日に焼け、化粧もしていないので老けて見えたが、よく見ると若そうだ。まだ二十三、四ではないだろうか。少女は五、六歳だろう。

「……家を焼かれたのか？」

銀蔵は柳の下にしゃがんで、少女の肩をやさしくたたいた。

「家はここからすぐの具足町にありました。亭主は隣の人を助けようとして、煙りに呑まれちまって……」

母親はぐすっと洟《はな》をすすった。目の縁《ふち》が赤くなっており、いまにも涙を溢れさせそうだった。その母親の手を少女が握りしめた。母親も握り返した。

「どこに住んでる？」

「親戚の家に身を寄せておりましたが、厄介者扱いされて……」

母親は下唇を悔しそうに嚙《か》む。おそらく飛び出してきたのだろう。

「仕事は？」

「探してますが、こんなときですから、なかなか見つかりませんで……」

市中には火事で家をなくした者が大勢いる。商家も焼けているので、仕事にあぶれている者も少なくなかった。なかには苦し紛れに悪の道に走る者もいた。さっきの三人組もそうかもしれない。

「……不憫《ふびん》なことだ。何か力になってやりたいが、どうにもならねえ」

銀蔵は立ち上がると、懐から財布を出した。

「おれにできるのはこれぐらいだ。遠慮はいらないから持っていってくれ」

財布ごと渡すと、母親は信じられないような顔をした。

「いいんだ。おれは独りもんだから、どうにでもなる。なあに宵越しの金は使わねえおれだ。さあ……」

「ほ、ほんとに、よいのですか……？」

「これも何かの縁だろう。遠慮することはない」

「ありがとうございます。ありがとうございます。このご恩は一生忘れません」

母親は財布を押し戴《いただ》くようにして、何度も頭を下げた。

「余計なお世話だが、親戚に謝って、仕事が見つかるまで居候《いそうろう》させてもらうことだ。それがあんたのためだろうし、可愛《かわい》い娘のためだと思うよ」

「は、はい。ありがとうございます」

母親はもう一度深々と頭を下げた。

あんまり礼をいわれると照れくさくなる。銀蔵はそのまま母娘を置き去りにする恰《かっ》好《こう》でその場を離れた。

八丁堀を抜け、自分の住まう霊岸島《れいがんじま》を素通りし、永代橋《えいたいばし》の途中で立ち止まって海を眺めた。遠くの海は霞《かす》んでおり、その上に入道雲が浮かんでいた。

この海の向こうに木更津がある。自分の生まれ故郷だ。家を飛び出して、もう三年。木更津を去るとき、姉の定《てい》に手紙を書くと約束したが、いまだ果たせていない。

億劫《おっくう》だからではない。いまの状況をどう説明すればいいのかわからないからだった。正直に書けば心配するのは明らかだ。かといって嘘《うそ》を書く気もしない。

日の光で熱くなっている欄干に手をついて、海の向こうをすがめ見た。

手紙を書くより前に、一度帰りたい。元気な家族の姿を一目でいいから見たい。それから首を吊《つ》って死んでしまった妹菊《きく》の墓参りもしたい。

だが、なかなかそのきっかけをつかみきれないでいた。その気になればいつでも帰ることはできるのだ。できないのは、不埒《ふらち》な暮らしをしている自分が不甲斐《ふがい》ないからであった。

「くっ」

奥歯を強く嚙んだ銀蔵は、拳《こぶし》を作って欄干をたたいた。

それからさっと海に背を向けるように欄干を離れ、千代の店のほうを見た。忠蔵一家の金三郎に会う前に、千代に会っておこうと思った。

四

千代が営んでいる桜屋《さくらや》という煙草屋は、深川佐賀町にある。油堀に架かる下之橋のすぐそばで、店の目の前は大川（隅田川）だ。

「たばこ」と書かれた唐紙が西日にあぶられ、黄味を帯びていた。暖簾《のれん》をめくり、土間に入ると、帳場に座っていた千代の目とぶつかった。咎《とが》めるような目で見てくる。

「なんだい……」

人に気後れをすることはあまりない銀蔵だが、千代だけは違う。

「あんたに会いたいと思っていたのさ。そうすりゃ、そっちからのこのこやって来やがった」

「客に対してずいぶんな物いいだな」

銀蔵は上がり框《がまち》に腰をおろすと、千代の視線を外すように首筋の汗をぬぐった。

「こっちを見なよ」

どこか険のある声。銀蔵はゆっくり顔を向けた。

切れ長の目もいつもより険しい。白い頬《ほお》が朱をさしたように赤くなっていた。

「あんた、何してんだ」

「なにって、どういうことだよ」

「忠蔵一家の仕事をやってるそうじゃないか」

銀蔵は視線を外した。千代は元掏摸《すり》の女房だった。その亭主はやくざに殺されている。千代が何より嫌うのがやくざだった。

「どうして黙ってるんだい。心にやましいことがあるから何もいえないんじゃないのかい。どうなんだい」

「……手伝っているだけだ。一家に出入りしているわけじゃない。金三郎さんの頼みを聞いているだけだ」

「同じことだ。それも岡場所めぐりだっていうじゃないか。見損なっちまうね」

「……やめろというのか？」

銀蔵は千代に視線を戻した。千代は深いため息をついて、目を天井に向ける。

「あたしがとやかくいうことじゃないのはわかっているよ。あんたが何をしていようが文句をいえるあたしじゃないさ。だけど、いわずにおれないんだよ」

「………………」

「頼むから忠蔵一家と付き合うのはやめてくれないかい」

銀蔵はどう返答すべきか考えた。土間を歩く蟻《あり》の行列をじっと見つめる。

好んでやくざと付き合っているのではない。だが、頼み事をされているいま、すぐにやめることはできない。もちろん千代が自分のことを心配してくれているのはよくわかっている。それに千代の忠告はもっともだ。

「……すぐにやめることはできない」

銀蔵はそう答えて、唇を嚙んだ。千代とにらみ合うように見つめ合う。

〈もえぎのかやー、かやーァー……もえぎのかやァー……〉

蚊帳《かや》売りの間延びしたかすれ声がどこかでしていた。

「……そうかい。それじゃ二度とこの店の敷居はまたがないでおくれ。清吉にも会わないでおくれ」

千代はすうっと視線を外すと、冷めた茶に口をつけた。銀蔵を見ようともしない。何かいわなければならなかったが、言葉が見つからなかった。また、いったところで下手ないいわけにしかならないこともわかっていた。

「……わかった」

銀蔵は短くいって腰を上げた。

さっと千代の顔が振り向けられた。何かいいたそうな顔で、また唇がかすかに動いたが、出かかった言葉を喉元《のどもと》で呑み込んだのがわかった。

銀蔵は軽く頭を下げると、そのまま店を出た。「馬鹿」と、吐き捨てる声が聞こえたが、銀蔵はそのまま歩いた。

千代の店から遠ざかるほどに、むなしさが込み上げてきた。また不甲斐ない自分のことが情けなかった。その一方で心が荒《すさ》んでゆくのがわかった。もし、喧嘩《けんか》を売られたらすぐに買うだろう。こういうことでふて腐れるのはよくないとわかりつつも、やはり心は荒立っている。

くそッ、と何度も心中で吐き捨てた。どこをどう歩いたのかわからなかった。気づいたときには、深川万年町一丁目の河岸場のそばに佇んでいた。赤い夕日の帯を走らせる仙台堀を、一艘《そう》の猪牙舟《ちよきぶね》が大川のほうに下っていった。

「応《こた》えたな……」

思わず、言葉が口をついて出た。

二度と敷居をまたぐな、清吉にも会うな……か。

どうすりゃいいんだ。もちろん、千代に許してもらうにはどうしたらいいかわかっている。だが、金三郎の手伝いをすぐにやめることはできない。

銀蔵は沈みゆく、赤い果実のような太陽を眺めた。

やめるか……。

心中でつぶやいた。今夜、金三郎に会ったときにいってみるか。やめたからといって波風が立つわけではない。約束を違える自分が許せないだけだと気づいた。
よし、そうしよう。銀蔵は心の内にいい聞かせ、金三郎と会う店に向かった。

五

夕日がしずしずと町屋の先に消えてゆくと、空はそれに合わせて濃さを増し、通りに並ぶ料理屋や居酒屋の行灯《あんどん》に火が入れられてゆく。

深川の目抜き通りにある一の鳥居に近い永代寺門前仲町は、火点《ひとも》しごろになると、妙に色っぽい町になる。実際、そんな匂《にお》いが漂っているわけではないが、白粉《おしろい》や紅の匂いを感じさせるのだ。おそらく、岡場所にこもっている独特の空気のせいかもしれない。実際、料理屋とは名ばかりの女郎屋が何軒もあり、小半刻（三十分）もすれば客引きの女たちが表に立ち、なまめかしい声音を使って男を誘う。

そこは表から一本入った裏通りの外れにある、葉月《はづき》という小体《こてい》な料理屋だった。女郎屋とは無縁だが、店で一杯引っかけて女を買いにゆく客もいる。

銀蔵は小上がりの奥に上がり込んで、金三郎を待った。店の主も女将も、銀蔵のことは知っているので、無駄な声はかけてこない。それにその席だけ、衝立《ついたて》で仕切ってあり、他の客には見えないようになっている。

見るからにやくざとわかる男を、他の客に会わせたくないという店の配慮もあるが、銀蔵や金三郎にとっても都合のいいことだった。

焼いた小鰺《こあじ》をつつきながら、舐《な》めるように酒を飲んでいると、金三郎がやってきた。青地に木の葉を散らした紋様の派手な着流しに、黄色い献上帯だ。素足に通した雪駄は特注の革製だった。

「早いじゃねえか」

銀蔵があらたまって挨拶《あいさつ》をすると、金三郎は上がり込んできてどっかりあぐらをかいた。

連れの彦三《ひこぞう》という三下奴《さんしたやっこ》が、金三郎の雪駄を揃《そろ》え、上がり框に腰をおろした。三下奴というのは、まだ子分の盃をもらっていない修業中の者をいう。

「ちょうどよかった。おまえに話があったんだ」

金三郎はするすると煙草入れをほどいて、煙管に刻みを詰めながら彦三に指図する。

「彦三、折り入って大事な話をしなけりゃならねえ。おまえは帰っていい」

「いいんですか……」

金三郎は煙管をくわえたまま彦三をにらんだ。

「おれがそうしろといってるんだ。黙ってそうすりゃいい」

「へ、へえそれじゃ」

彦三は小さくなって、ぺこぺこ頭を下げながら店を出ていった。

金三郎が注文をしなくても、店の女将は黙って酒を運んでくる。肴《さかな》も主にまかせているので、いちいち女将を呼ぶ必要はなかった。

酒が届いたところで、銀蔵が先に口を開いた。

「大事な話があるとおっしゃいましたが、じつはおれも金三郎さんに話があったんです」

「ほう、それで早く来ていたってわけか」

金三郎は銀蔵の酌を受けながらいう。細くて薄い眉《まゆ》を持つやさ男だが、忠蔵一家の番頭格だ。深川の岡場所を牛耳っているのは、金三郎といってよかった。

「どんなことだ？　いってみな」

金三郎は酒を飲んで、扇子を開いた。蚊遣りの煙が格子窓の外に流れていた。

「手伝っている仕事のことです。せっかくの厚意を無にして申し訳ないと思うんですが、手を引かせてもらいたいんです」

金三郎は盃を宙で止め、目の奥に針のような光を宿した。

「やめるっていうのか」

「申しわけありません。半年の約束を違《たが》えることになりますが、手を引かせてもらいたいんです」

店の客はまだ二人だけだった。それだけに静けさがある。金三郎は刺すような視線を向けたまま黙り込んでいた。銀蔵はわずかに緊張し、顔をこわばらせた。

「……ふん、どんな話かと思えばそんなことか。こりゃ具合がいいってもんだ」

銀蔵は盃を一気にほす金三郎を怪訝《けげん》に思い、片眉を動かした。

「だが、約束は約束だ。それも男の約束だ。おまえは、半年はおれの手伝いをすると誓っている。そうだったな」

銀蔵は黙ってうなずくしかない。

「やめてえというからには、何かわけがあるんだろうが、あえて聞かねえことにする。おめえのような男が、そう決めたからにはよほどのことがあったんだろう」

「申し訳ないです」

銀蔵はほっと胸をなで下ろす心境だった。

「だが、約束を違えた代わりに何をやってくれる?」

金三郎の頬《ほお》に人をいたぶるような笑みが浮かんだ。

女将が鯛《たい》の刺身を持ってきたが、金三郎の笑みはそのままだった。

「何って……」

困った。

「おまえは立て引き者だ。そのくらいのことは考えているはずだ」

立て引き者とは、意地を張りとおす俠気《きょうき》のある男のことをいう。

「おまえは一家の人間でもねえ。それをおれは目にかけて、面倒を見ようとしたんだ。またおまえもおれの気持ちを汲んで引き受けてくれた。そうだったな」

「へえ」

銀蔵はますます困った。膝《ひざ》に手をついたまま、じっと盃の酒を見る。

「おまえみたいな半稼者《はんかもの》をおれが気に入ったのは、腹の据わりがいいからだ。その辺のゴロツキとはわけが違う。一家に入れとはいわねえ、半稼者でも素人《しろうと》でも、気に入るやつが世の中にはいる。もっともそうそうお目にかかることはねえが、おまえはそうだった」

「……へえ」

金三郎はいったい何をいいたいのだ。銀蔵は盃を手にした。

半稼者とは、どの一家にも属さず、博打《ばくち》打ちでも商人でも職人でもない、要するに遊び人のことだが、女たらしのような遊び人とは違う、博徒一家に出入りする者をさす。渡世人が蔑《さげす》んでいう隠語だ。

「やめたいというのを引き止めるつもりはねえ。だが、受けてもらいたい話がある。女将」

下駄音を殺して小柄な女将がやってきた。

「大事な話がある。呼ぶまでこなくていい。その前に酒を二本ばかり持ってきてくれ」

「はい」

女将が下がっても金三郎はすぐには口を開かなかった。銀蔵はいつになく居心地の悪さを感じた。また、金三郎の話を聞きたくもあり、聞きたくもなかった。しばらくして女将が酒を持ってきて下がった。

「話って何です？」

間がもてなくなった銀蔵は先に口を開いた。

「約束を違えた代わりにやってもらいたいことがある。その前に、おまえの捜している女がいた」

「ほんとですか？」

「おそらく間違いねえ。女は吉原にいたとはいわねえが、おれの目に狂いはないはずだ。廓で幅を利かせていた花魁だといっても、所詮《しょせん》女郎だ。足抜けしたところで、落ちるところに落ちてくる」

「藤巻なんですか？」

銀蔵は目を瞠った。

「鼻の脇とうなじに黒子があるそうだ。この目で見たわけじゃねえが……女郎屋の女将がそういってる」

間違いないだろう。

「どこの店です？」

「それは、いまはいえねえ。おまえに教えるのはそれだけじゃねえ、もうひとつある」

銀蔵はうまそうに酒を飲む金三郎から目を離さなかった。

「盆山の吉松の件だ。下手人がわかった」

銀蔵は眉間《みけん》にしわを彫って、持っていた盃を折敷《おし》きに戻した。

吉松の件というのは、吉松が敵《かたき》にしている男のことだった。吉松は以前、浅草の茂《しげ》三郎《さぶろう》という博徒一家にいたが、ある日親分の茂三郎が何者かに暗殺され、それをきっかけに縄張りを失い、一家は解散の憂き目にあっていた。

親分子分は、実の親子以上の絆《きずな》でつながっている。茂三郎を殺した下手人は、当然吉松の敵である。吉松は「世話内《せわうち》」と呼ばれる肩身の狭い扱いで、鉄砲洲の五郎七一家に身を置いているが、常に敵を捜していた。

銀蔵も何か引っかかる話を聞いたり、気になる男に会ったときには教えてくれと頼まれている。

「吉松とおまえが懇《ねんご》ろだというのはわかっている。このことを教えてやりゃ、あいつは大喜びするだろう。だが、これもいまは教えられねえ」

「それじゃ、どうしろと……」

「一人殺してもらいたいやつがいるんだ」

金三郎はさらりといって、酒を飲んだ。

銀蔵は眉間のしわを消し、無表情になった。

六

「そいつは大火をいいことに、材木屋とつるんで材木の値を勝手に釣り上げ、てめえの懐を潤わしているふてえ野郎だ。やってるのはそれだけじゃねえ、大工の棟梁《とうりょう》らに

「うまく話をつけ、材木を安く流す代わりに、その見返りをもらってもいやがる」

金三郎はうまそうに刺身をつまみながら話す。銀蔵は手許の箸《はし》をじっと見たまま、どうやって断ればよいかと考えていた。こんな話は受けられない。

「もとは相模《さがみ》から出てきた出居衆《でいしゅ》だというが、口が達者で小賢《こざか》しいんだろう。うまく立ち回ってのし上がってきたようだ。さあ、飲みねえ」

金三郎が酌をしてくれた。銀蔵は盃をほしてから受けた。出居衆とは田舎《いなか》から出稼ぎにきて日傭取《ひようと》りになった者のことだ。

「半兵衛《はんべえ》というのがそいつの名だ」

「そいつは一家に迷惑でも……」

「うちの一家とは関係ねえ。この話の出所は叔父貴《おじき》だ」

先代親分の弟分のことをいう。銀蔵は会ったことはないが、韮山《にらやま》の政吉《せいきち》といって、刃物を持った相手にも恐れることなく素手で渡り合った元気者だったと聞いている。だが、もう隠居の身で忠蔵一家に出入りすることは滅多にないようだ。

「それじゃ政吉さんに迷惑を……」

「そういうことだ。叔父貴が面倒見ている大工や材木屋が、音を上げているそうだ。大火で大工の仕事はあまるほどあるが、肝腎《かんじん》の材木が間に合わねえ。半兵衛とつるんでいる材木屋は足許を見て値を上げるってわけだ」

「株仲間の決めごとで、そんなことは許されないんじゃないですか」

「そりゃ昔のことだ。お上は株仲間を取りやめにしている」

「ほんとですか？」

銀蔵の知らないことだった。実際、幕府は天保の改革の一環として、株仲間の解散を命じていた。不況を回避するために、商人たちに価格競争させれば、物価が下落すると考えたのだった。ところが幕府の思惑どおりにはならなかった。

「とにもかくにも半兵衛をのさばらせておけば、叔父貴の息がかりの大工や材木屋が冷や飯を食うことになる。もっとも、叔父貴は半兵衛と話し合いをしているが、だらだら返事をするだけで、いっこうに耳を貸していねえそうだ」

「……だからって殺すほどのことは……」

銀蔵は低い声でいって、まわりを見た。客が入ってきたところで、入口のそばに腰を据えた。

「ところが半兵衛のやっていることはそれだけじゃねえ。金にものをいわせ、邪魔な材木屋をつぶしにかかっているというんだ。そのなかに叔父貴の面倒を見ている問屋もある」

「出る杭《くい》は打たなきゃならないということですか……」

銀蔵は鯵をほじった。

ことの重大さは何となくわかるが、殺すほどのことではないと思う。

「ただ、つぶしているんじゃねえ。盗賊を雇っているんだ。店に押し入った賊どもは、金を巻き上げるついでに女たちを手込めにしている」

銀蔵はさっと顔を上げた。

「そんなひどいことを……」

「金儲《かねもう》けのためなら手段を選ばねえ。邪魔になる店や、面倒だと思う店は目の前から消えてもらうってわけだ。このままじゃ、半兵衛とつるんでいる材木屋の独り占めってことになる」

「町方は動いているんでしょう？」

「何の証拠もあがってねえから始末に負えねえのさ。だが、蛇の道は何とやらだ。裏で半兵衛が手を引いてるのはわかってる」

金三郎はそういって、懐から奉紙に包まれた金を出した。そのまま銀蔵のほうに滑らせる。

「十五両ある。取っておけ」

銀蔵は奉紙で包まれた金を凝視した。受け取れば、殺しを請け負うことになる。そんなことはしたくない。

「……これは受け取れません」

金三郎の細い眉が動いた。目をすがめて、怪訝そうに銀蔵を見る。

「二、三日考えさせてもらえませんか」

「おめえはおれとの約束を違えたうえに、おれの頼みも聞けねえっていうのか」

金三郎の目に力が込められた。

「他のことならともかく、ことがことです」

「……半兵衛は叔父貴に憎まれているのを知っている。それに忠蔵一家との関わりを知ってやがる。一家の人間を動かせば、親分に迷惑をかけることになる」

まったく一方的な金三郎のいい分だが、銀蔵は、ははあ、そういうことかと思った。おそらく金三郎は、叔父貴の政吉から個人的にこの件を相談されたのだろう。報賞は少なくとも三十両、いや五十両はあるのかもしれない。考えていると、金三郎が言葉を継いだ。

「おまえは一家の人間じゃない。関わりを知っているやつも少ない。それに……」

「……なんでしょう？」

「剣術の覚えもあるし、度胸も据わっている。それに半兵衛とは何のつながりもない」

金三郎のいいたいことはわかる。だが、素直に受けられる話ではなかった。

「半兵衛の住まいは常盤《ときわ》町の市兵衛《いちべえ》店《だな》だ。つるんでいる材木屋の名は吉野《よしの》という。本材木町六丁目の大きな店だ。やってもらうぜ」

もう一度、金三郎は金を滑らせた。

銀蔵はその金を凝視したまま考えた。何がなんでも金三郎は自分にまかせようとしている。だが、受けられる話ではない。かといって、ここで断ることもできない。それに、金三郎は承知しないだろう。

「金三郎さん、金は受け取れません。さっきもいいましたが、二、三日考えさせてください。考えたうえできちんと返事をします」

「受けてくれりゃ、藤巻って女郎のことも、吉松の敵のことも教えてやるんだ」

「お願いします」

銀蔵は頭を下げた。

短い間があり、金三郎は金を自分の懐に戻した。

「よし、それじゃ二日待ってやる」

しばらくして銀蔵は、金三郎を残して店を出た。

家路を辿《たど》る銀蔵だが、夜のにぎやかさも、楽しそうな笑い声や三味の音も耳には入ってこなかった。湿り気を帯びた夜気だけを感じながら歩き、永代橋の橋詰めで立ち止まった。

金三郎と関わったことを後悔していた。千代の忠告をもっと早く聞いておけばよかった。だが、それはあとの祭りだ。さっきの話をどう断るかを考えなければならない。

断れば、どうなる……。

銀蔵は夜空を見上げた。星たちが散らばっていた。

金三郎は何がなんでも、自分にやらせる腹づもりだろう。しかも、うまい餌《えさ》を二つぶら下げてもいる。藤巻のことはあきらめるとしても、吉松の敵のことは知りたい。

だが、そのためには、さっきの話を受けなければならない。

我知らず大きなため息が漏れた。川の向こうには蛍のような町屋の明かりがある。

背後から流れてきた清搔《すが》きが、大川を渡っていった。

銀蔵は歩を進めて永代橋を渡りはじめた。途中で千代の煙草屋を眺めた。明かりは見えず、店は濃い闇《やみ》のなかに沈んでいた。

「……どうすりゃいいんだ」

銀蔵は重苦しいつぶやきを大川に落とした。

金三郎は二日しか待ってくれない。その間に、半兵衛のことを調べてみるか……。

殺すに値する人間であれば、やむを得ないかもしれない。

第二章　材木屋

一

八丁堀の東にある霊岸島は、日本橋川、亀島川、越前堀、それから内海（江戸湾）と大川のはざかいで囲まれている。もとは埋め立て地で、地盤がゆるいことで蒟蒻《こんにゃく》島と呼ばれたときもあった。

その霊岸島のほぼ中央を縦に流れるのが新川である。両岸には酒問屋や酒蔵が並んでいる。いずれも上方《かみがた》から下ってくる酒を扱っている。これと並行して油問屋も多く、下り油の売買所である「油仲間寄合所」も霊岸島にある。

銀蔵の住まいは、その新川に近い浜町にある甚兵衛《じんべえ》店《だな》だった。ちょうど慶光院の裏あたりだ。木更津から江戸にやってきて以来、その長屋に住みつづけている。

「今日も暑くなるだろうね」

井戸端で腰を上げたおていというおかみが、額に浮かぶ汗を手の甲でぬぐいながらいった。

「ああ、暑くなりそうだね」

応じた銀蔵は空を見上げた。それから井戸の水を汲《く》み上げ顔を洗う。長屋の朝は早く、井戸端と厠《かわや》への出入りで忙しい。出職《でしょく》の亭主を急《せ》かす女房がいれば、尻を押さえながら厠の前で足踏みをしている子供の姿もある。

井戸のそばには一本の柿の木があり、深緑の葉からこぼれる朝露が日の光を弾《はじ》いていた。

顔を洗い、首筋に冷たい水を打ちつけた銀蔵は、自分の家に戻って、軽く茶漬けをすすり込む。が、その目は柱に貼《は》りつけてある厄除《やくよ》けの札を見ていた。

明日には金三郎に返事をしなければならない。断るにはそれだけの理由がないといけない。金三郎が納得するような理由が……。

時間はあまりない。悠長に考えているばかりでは駄目だ。箸《はし》を止めていた銀蔵は、慌てたように茶漬けをかき込んだ。

浴衣《ゆかた》から紺木綿の着流しに着替えて家を出た銀蔵は、新川を抜け、そのまま町奉行所の与力同心の住まう八丁堀を通って本材木町にやってきた。

まだ、日が昇って間もないが、すでに江戸の町は動き出している。楓川《もみじ》沿いに軒をつらねるどの商家も暖簾《のれん》を上げ、店の前に水打ちをしている。町奉行所に出勤する与力や同心の姿も見られた。材木河岸には大小の荷舟がつけられており、積み卸し作業がはじまっていた。そのなかには材木舟もある。

半兵衛とつるんでいる材木屋・吉野は、すぐにわかった。間口は四間《けん》ほどだが、奥行きのある大きな問屋だ。脇路地にも表口にも材木が立てかけられたり、積まれていた。火事除けのために大きな天水桶《てんすいおけ》が表口の両脇に置かれており、犬が寝そべっていた。

銀蔵は目立たないように歩き、常盤町にまわった。目についた木戸番に市兵衛店を聞いて、半兵衛の家を見つけた。棟割《むねわ》り長屋だが、二階建ての造りだ。戸口は開いていたが、人がいるかどうかはわからなかった。だが、いま顔を合わせるのはまずいと思い、そのまま長屋を抜けて表通りに出た。

どうするか、と胸の内でつぶやく。材木問屋にも大工の棟梁《とうりょう》にも知った者はいない。江戸に来て三年だが、人付き合いが広いわけではない。半兵衛のことを知るには、半兵衛と親しい者に探りを入れる必要があるが……。

そこまで考えたとき、チッと、舌打ちをした。自分の長屋にも大工がいたのだ。はす向かいに住む留吉《とめきち》だ。銀蔵は急いで家に引き返した。留吉は仕事に出ているだろうが、女房のおていはどこの普請場に出かけているか知っているはずだった。

足を急がせているうちに汗が噴き出してきた。背中に着物が張りつき、脇の下にも汗のしみができた。長屋に戻ると、おていを訪ね、留吉の普請場を教えてもらった。

何のことはない。さっき自分が訪ねた本材木町からすぐのところだった。南紺屋町の長屋の建築にあたっているという。

銀蔵はとんぼ返りして南紺屋町に急いだ。京橋一帯は正月の大火で半倒壊していたが、表店は大方再建され、息を吹き返していた。

しかし、一歩裏に入ると生々しい焼け跡を見ることができた。もっともそれも少しずつ整理され、真新しい長屋が揃《そろ》いはじめているが。

留吉は京橋川に架かる中之橋に近い建築現場で汗を流していた。肌剝《む》き出しの腹掛け、ねじり鉢巻きで梁《はり》にまたがって玄能《げんのう》を振っていた。

近くにいた大工に声をかけて留吉を呼んでもらうと、猿のような身軽さで下りてきた。

「なんだい、こんなとこに。めずらしいじゃないか」

留吉は汚れた手拭《てぬぐ》いで、真っ黒に日焼けした顔を拭《ふ》いた。

「ちょいと聞きたいことがあるんですよ」

「それも御用聞きの仕事かい?」

留吉は積まれた材木に腰をおろした。銀蔵は長屋の連中に、あちこちで御用聞きの仕事をしているといっている。

「まあ、そんなところです」

「それで、なんだい?」

「へえ、どこか材木が安く手に入る材木屋を知らないかと、雇い主に聞かれたんです。いえね、頼む大工はいるらしいんですが、木材が高いんじゃないかと見積もりを見ていうんです。それで手頃な店を探してきてくれと頼まれましてね」

嘘も方便だが、これをいうのにずいぶん頭をひねっていた。

「ふうん……安い材木屋ねえ……」

留吉は鼻毛を引っこ抜きながら考える。

「ここの材木はどこから入れてるんです?」

「うちは川北屋だ。昔から親方となじみだから、他の材木屋からは仕入れねえな」

「安いんですか?」

「安いっていうか、普通だろう。どこもたいして変わらねえはずだ。もっとも三月、四月はずいぶん材木が高くなったって親方が嘆いていたことはあったが、結局費用を持つのは地主か家主だ」

留吉は抜いた鼻毛を、ふっと、吹き飛ばした。

「でも、材木屋とかけ合うのは親方でしょ」

「ああそうだ。全部親方まかせだね。何だったら川北屋に行ったらどうだい」

「吉野という材木屋もありますね。あの店も安いと聞いたんですが……」

留吉は煙管《キセル》を出して火をつけた。

「吉野も川北屋も同じだ。兄弟みたいな店だからな。どっちに行っても値段は変わらねえはずだ」

「そうなんですか……。いや、何も知らないもので……」

留吉は根っからの大工職人らしく、材木屋にはあまり詳しくなさそうだ。適当な世間話を交えて、話題を変えた。

「そういや、盗賊に入られた材木屋があるって聞いたんですが知ってますか？」

「足立屋《あだちや》だろう。可哀想《かわいそう》に旦那と女中が殺されちまったそうだ。倅《せがれ》が跡を継いでやってるらしいが、一時の勢いはないと聞いてるよ」

「盗賊は捕まってないんですか？」

「さあ、そこまでは知らないな。盗人に押し入られたのは四月の頭だったから、捕まってりゃ噂《うわさ》になるだろうが、そんなことは聞いてねえからな。銀蔵さん、悪いがそろそろ仕事に戻らねえと……」

銀蔵は腰を上げた留吉に、仕事の邪魔をしたことを詫《わ》びて普請場をあとにした。

留吉に会ったのは無駄ではなかったが、これでは埒《らち》が明かない。吉野に詳しい人間に会って話を聞きたい。それもあとのことを考えて動くべきだ。

歩きながら考える銀蔵だが、名案は浮かばない。こういったとき頼れるのは一人しかいない。銀蔵は脳裏に、盆山の吉松の顔を浮かべた。

会って話をしてみるか……。

二

八丁堀の河岸沿いにある柳並木を歩き、中ノ橋まで来た銀蔵は、足を止めて、柳の幹に片手をあて額の汗をぬぐった。何も後ろめたいことはしていないが、いかめしい顔つきをした町方の同心が、小者《こもの》と岡っ引きを連れて橋を渡ってきたのだ。

ちらりと、銀蔵に視線をよこしたが、そのまま絽《ろ》の羽織をひるがえして歩き去った。

一陣の風が抜けてゆき、しだれ柳が揺れた。堀川の水面《みなも》には南から北へ流れる雲が映り込んでいた。なぜ避けるようなことをしたんだと、自分に問うた。金三郎の依頼を引き受けるかどうかで悩んでいるので、おそらく心に引け目を感じているのだ。まったく腹立たしいことだった。

橋を渡り本八丁堀四丁目の町屋に入った。吉松の長屋はここにある。時刻は五つ半（午前九時）近いが、朝の遅い吉松は家にいるはずだった。

戸口に立つまでもなく、吉松と出会った。洗面帰りらしく、井戸のほうから顔を拭きながらやってきたのだ。涼しげな浴衣を羽織っているが、右肩を抜いていた。

「どうした、こんな朝から……」

「相談があるんです」

「そんな面しているよ。ま、上がりな」

銀蔵はうながされるまま部屋に上がり込んだ。吉松の家は裏路地に面したところにも雨戸と縁側があり、風通しがよい。裏の小庭に咲く朝顔が涼を醸《かも》していた。

「相談てえのはなんだい？」

吉松はあぐらをかいて煙草《タバコ》盆を引き寄せた。

「吉野という材木屋のことを知りたいんです」

「吉野……本材木町のあの店か……」

吉松は煙管を吹かした。

「それから足立屋という材木屋のこともあります。何でも盗賊に入られた店らしいですが……」

「何で、そんなことを……？」

吉松は心の内をのぞき込むような目を向けてきた。

「ちょいと頼まれごとをしておりまして、それで探りを入れたいんですが、どうにも要領がわからなくて……」

「探ってどうする？　いいしのぎの口でもあるのか？」

「そういうわけじゃありませんが……」

「おれにもいえねえことか？」

銀蔵は唇を舐《な》めて、躊躇《ためら》った。

「すみません。いまは……」

吉松は目を細めて、見つめてくる。それから、ふっと、口許《くちもと》に笑みを浮かべ、煙管を吹かした。

「まあ、いいだろう。誰にどんな頼まれごとをしているか知らねえが、おまえはおれの兄弟分と同じだ。ちょいとあたってやろう」

「申し訳ないです」

銀蔵は軽く頭を下げた。

「他人行儀なことはしなくていい。だが、どんなことを探りたいのか、さわりでも教えてもらわなきゃ、動きようがねえ。きっと裏があるに違いねえ。おまえの顔にもそう書いてあるから、下手に人を紹介するわけにはいかねえだろう」

さすが吉松、鋭いところをついてくる。

「正月に大火が起きたことで、材木屋は大忙しだったといいます。それをいいことに甘い汁を吸っている男がいると聞いたんです」

「誰だ？　そいつの名も教えられねえか？」

吉松は煙管の雁首《がんくび》を灰吹きに打ちつけ、射るような視線を向けてくる。普段は人当たりのよい顔をしているが、こんなときは銀蔵でさえゾクッとする博徒の目つきになる。

「半兵衛という男ですが、内聞にお願いします」

「そいつは材木屋なのか？」

「いえ、材木屋に渡りをつけているだけだと聞いてます」

吉松はすうっと視線を外して、裏庭に目を向け、しばらく考えていた。家のなかを風が吹き渡っていった。庇《ひさし》に吊《つる》された風鈴が鳴る。吉松が顔を戻した。

「その先のことはいえねえんだな」

「……勘弁してください」

「そうかい。……だが、すぐってわけにはいかねえ。ちょいと暇をもらわねえとな」

「明日の夜までには何とかしたいんです」

銀蔵は必死の目を向けた。

「そりゃずいぶん急ぎだな」

「吉松さんだけが頼りです。何とかお願いできませんか……」

銀蔵は畳に両手をついて、吉松を見た。

「……わかった。他でもねえおまえの頼みだ。何とかしよう」

快い返事をもらった銀蔵は、いっそのことすべて話してしまおうかと思った。吉松の敵がわかっていることと、藤巻の居所にも見当がついていることを。しかし、ぐっと喉元《のど》で抑え込んだ。

三

吉松の家を出た銀蔵は、そのまま鉄砲洲まで歩いてゆき、岸壁に腰をおろした。目の先
鴎《かもめ》たちが鳴き騒ぎ、頭上では風に乗った鳶《とんび》が笛のような声を降らしていた。目の先

の砂浜で、幼い子供たちが砂山を作って遊んでいる。沖には漁師舟、そのずっと海の先に総州が霞んでいる。

吉松に半兵衛の命をもらうことになるかもしれないとはいえなかった。だが、半兵衛の顔も知らなければ、恨みも何もない。そんな男を殺せるわけがない。大金を積まれてもできることではない。

おれは殺し屋じゃないんだと、銀蔵は胸中で叫んだ。

だが、金三郎に断ればどうなるか？　頭を悩ませるのはそこだった。

もし、断れば最悪、自分は命を狙《ねら》われるかもしれない。半兵衛の命を狙うのは、ごくかぎられた一部の人間だろう。自分はそれを知っていることになる。金三郎は自分に打ち明けた以上、あとには引かないはずだ。断って、わかったというほどの人間でないことも知っている。

銀蔵は海のずっと先に霞んでいる陸を見た。生まれ故郷があそこにある。逃げれば何事もなく無事にすむかもしれない。

だが、どこへ逃げる？　故郷の木更津には戻れない。それじゃ別の国に……。それはどこだ？　小石をつかんで海に投げた。小石は波打ち際の手前に落ち、波に洗われた。

金三郎から逃げるわけにはいかない。世間に後ろ指をさされるような博徒ではないか。だが、自分は目先の金ほしさに、その博徒の手伝いをしていた。落ち度は自分にある。やくざを嫌う千代の忠告が、痛いほど身にしみていた。

尻を払って立ち上がると、千鳥に向かった。日盛りの通りには気持ちよい海風が吹いていた。潮騒の音と海の匂《にお》い。

やがて千鳥が見えてきた。店に入ると、奥の板場の前にいたおしずがひょいと、腰を起こし、嬉《うれ》しそうに頰《ほお》をゆるめた。

なぜか、おしずに会うと心が和《なご》む。首を吊って死んだ妹に、どことなく似ているからかもしれないが、近ごろは別の感情があるのもたしかだった。それにおしずが自分に好意的なこともよくわかっていた。つかず離れずで、ある一定の距離を置いているが、ひょんなきっかけで一線を越えることになるかもしれない。かといって、おしずに対して〝恋〟という感情はない。

「今日は早いですね」

にこにこ顔でおしずが近づいてくる。

「親爺《おやじ》さんのことが気になってな」

銀蔵は土間の縁台に腰をおろして、土間奥を見た。ひょいと女将《おかみ》のおこうが顔をのぞかせ、これは銀蔵さんといって挨拶《あいさつ》をしてくる。

挨拶を返していると、主《あるじ》の喜兵衛が裏口から入ってきた。

「こりゃお早いお見えで……」

「早くちゃまずいみたいじゃないか。何だか具合が悪いと聞いたけど、どうなんです？」

「ああ、胸苦しくてしょうがなかったんだけど、医者からもらった薬のお陰で大分楽になりましたよ」

「それじゃ心配はいらないんだ」

「じきに治るでしょ。これこれおしず、なにつっ立ってんだい。お茶をお持ちしないか」

「あ、いけない」

おしずは首をすくめ、舌をぺろっと出して奥に戻っていった。

「あれにもそろそろ婿をと思うんですが、なかなかまとまらなくて困ったもんです」

「焦っても仕方ないでしょう。それに、おしずちゃんがいなくなると、親爺さんたちも困るのではありませんか」

「なあに、そんなことはありませんよ。それはそうと銀蔵さんだって、そろそろ考えごろでしょうに」

「おれにはまだ先の話ですよ」

「そんな悠長なことといってていいんですか。歳なんてすぐ取っちまうもんですよ」

他愛《たわい》ない世間話になった。気を使わない相手と話をしていると、何となく心が静まってくる。店は暇で、おしずもそばにやってきて銀蔵と喜兵衛の話にときどき口を挟んだ。それも他愛ないことだった。

そのうち正月の大火で佃島にも飛び火したという話になった。喜兵衛がいいだしたのだが、おしずをもらいたがっていた佃島の漁師が、火事で焼け死んだそうなのだ。

「それにしても火ってやつはおっかない。この辺の町屋を飛び越えて、海の向こうにある佃島に移るんですからねえ」

「さっき用事があって京橋のほうに行ってきましたが、町屋も大分元に戻っておりました」

「そうですか。燃えるのも早いが、建つのも早いってことですね。こんなことといっちゃいけませんが、火事のお陰で大工連中はずいぶん羽振りがよくなっておりますね。浜の連中も冗談半分で、火事が起きたら大工になりゃいいなんてね」

喜兵衛はそういって乾いた声で笑った。

「火事で儲《もう》かる商売もあるというわけか……」

銀蔵が表に目を向けていうと、喜兵衛が思いがけないことを口にした。

「儲かっても殺されちゃかないません。足立屋って材木屋に賊が入って、主と女中が殺されたことはご存じですか？　儲かっても命を奪われちゃおしまいです。足立屋さんも可哀想なことになったもんだ」

「足立屋のことをご存じで……」

銀蔵は湯呑《ゆの》みを手にしたまま喜兵衛を見た。

「あそこにいた手代《てだい》が、ときどきうちに寄るんです。それで知ったんですが、まだ下手人らは捕まっていないそうですよ」

「あそこにいたといいましたが、その手代はもう足立屋にはいないんですか？」

「何でもいろいろごたごたがあったらしくて、それでやめたようなことをいっておりました」

銀蔵は目を輝かせた。

「その手代はいまはどこに？」

「船松町の道具屋の手伝いをしております」

さらりといった喜兵衛は、奥に下がったおしずのほうを見て声を低めた。

「どうもおしずに気があるようなんです。ですからちょいちょい寄ってくれるんですが、おしずはそっけないもので……いや、あっしもちょいとあの男は物足りないと思うんで黙っているんですがね」

「何という道具屋で、その手代の名は何といいます？」

「そんなことを聞いてどうされます？」

喜兵衛は笑みを消して銀蔵を見た。

「いえ、ちょいと知りたいだけです。なにをするわけじゃありません」

「浮世堂《うきよどう》という洒落《しゃれ》た名の店で、亮吉《りょうきち》さんとおっしゃいますが……銀蔵さん、揉《も》め事は勘弁ですよ」

「おいおい、人聞きの悪い。揉め事なんか起こすわけがない」

銀蔵は安心させるように、短く笑ってやった。

それからしばらくして千鳥を出たが、すぐに呼び止める声がした。

「銀蔵さん」

振り返ると、おしずが前垂れをつかんでもじもじしていた。

「どうした？」

「花火……。大川の花火を見に行きたいんです。暇なときでいいですから、連れて行ってくれませんか？」

銀蔵はじっとおしずを見つめた。おしずは怯《おび》えた兎《うさぎ》のように、目をしばたたき、無理にとは申しませんがと付け足す。

「……いいよ。おれも花火が好きだから」

そういってやると、おしずはえくぼを作り、向日葵《ひまわり》のように明るく微笑《ほほえ》んだ。その笑顔は日の光以上にまぶしかった。

「それじゃ都合のいい日に誘ってくださいね。銀蔵さんだったら、おとっつぁんもおっかさんも何もいわないから」

「わかった」

銀蔵は微笑みを返して背を向けたが、すぐに表情を硬くした。安請け合いの約束をしてよかったのかと思った。だが、それはできないとはいえなかった。千鳥にいるときは、自分の身に迫っていることを忘れていたが、急に現実に引き戻された。

千鳥から船松町の浮世堂までは、三町（約三三〇メートル）もなかった。店は鉄砲洲川に架かる見当橋《みとめばし》の近くにあった。間口一間半の小さな店だ。

暖簾を撥《は》ね上げて入ると、どう見てもがらくたにしか見えない壺《つぼ》や金蒔絵《まきえ》、衝立《ついたて》などがごちゃごちゃと置かれていた。その整理をしている男が、銀蔵の気配に気づいて、ひょいと振り返った。狸《たぬき》みたいに腹の出た小男だった。

「いらっしゃいまし。おかみさんは用で出ておりますが、御用があればわたしが承《うけたまわ》ります。お買い物でございましょうか、それとも何か……」

「いや、そうじゃない。ここに亮吉さんという人がいると聞いて来たんだが、いませんか？」

腰を低くしていう男を遮《さえぎ》っていった。

「亮吉は、手前でございますが……」

亮吉は額に蚯蚓《みみず》のようなしわを走らせて首をかしげた。

四

「じつは足立屋のことで訊《たず》ねたいことがあるんです」

銀蔵は警戒されないようにへりくだったものいいをした。

「足立屋のことで……」

「他に漏らされちゃ困るんですが、町方の旦那に頼まれて聞き込みをしてるんです。亮吉さんは足立屋にいらしたんですね」

どういうふうに探りを入れればいいか、道々考えてきたことをまじえていった。

「ええ、そうですが……」

亮吉は店の奥を見やって、急に落ち着きをなくした。茶でも淹《い》れようかといったが、銀蔵は手間は取らせないからと断った。

「賊に入られたとき、亮吉さんは店にいたんですか?」

亮吉は視線を彷徨《さまよ》わせて目をしばたたく。

「そのことだったら何度も町方の旦那に聞かれておりますが……」

「もう一度改めなおしてるんですよ。何しろ手がかりが少ないもので……それで、どうなんです?」

銀蔵は上がり框《がまち》に腰をおろした。

「賊に入られたときは、わたしはおりませんでした。翌朝、店に出ておかみさんとお嬢さんが柱に縛られ、猿ぐつわされているのを見て驚き、それから奥座敷で殺されている旦那を見て腰を抜かしそうになったんです」

「女中も殺されていたんでしたね」

「へえ、お常《つね》とお米《よね》というまだ若い女中でした。いまでもあのときのことを思うと鳥肌が立ちます」

実際、亮吉はぶるっと肩を震わせた。

「足立屋をやめたのはどういうわけです？」

「それも何度も話してありますが……」

「教えてもらえますか？」

「最初に店に出て賊に入られたのを知ったのがわたしでした。そのことで町方の旦那たちは、わたしがまるで賊の手引きをしたようなことを申されたんです。それに店の者も、わたしを疑《うたぐ》るような陰口をたたいているのを知りまして……何もやっちゃいないのに、そんなふうに思われちゃかないませんよ」

「それでやめたんですか？」

「殺しのあった店にいるのも気味悪いというのもありましたが……」

「賊のことは何も知らないんですね」

「盗人なんて知るわけがありません。それにわたしが無実だというのは、とっくに証明されているんですから……」

「いや、それはわかっていますよ」

そう応じると、亮吉は肩の力を抜くように息を吐いた。

「足立屋さんは吉野さんと、あんまり仲がよくないようなことを耳にしたんですが、それはどうです？」

「本材木町の吉野さんですか……」

「そうです」

「いや、そんなことはありませんよ。そりゃあ同じ材木を扱っているんで、商売敵ってことはありますが、何も目の敵にしているわけじゃありませんし、旦那同士もうまくやっておりました」

「吉野さんが材木の値を釣り上げたとか、そんな噂もありますが……」

「一時ありましたが、それもそう長くはありません。ですが、吉野さんは大きな材木商ですから、向こうが値を釣り上げれば他の材木屋もそれにならいますし、下げればまた下げるようなことはありましたが……」

「すると、吉野には相当力があるってことですね」

「老舗《しにせ》ですし、取引先も足立屋とは比べもんになりませんから、しかたありませんよ」

銀蔵はここで半兵衛の名を出していいかどうか考えた。もし、半兵衛が殺されるようなことになれば、町方はほうぼうに探索の手を伸ばし、聞き込みをかけるはずだ。亮吉に聞き込みがかけられると、自分のことが知れることになる。半兵衛のことは口にしないほうがいいだろう。

「商売がうまい吉野さんには、知恵者がついてるようなことを耳にしましたが、知りませんか？」

「知恵者……あの店には番頭が三人もいますからね。あ、でも一人……」

銀蔵は眉宇《びう》をひそめた。

「渡りをつけるのがうまいのがいます。半兵衛さんというんですが、頭の切れる人で吉野さんをはじめ材木屋が一目置いている人です」

亮吉のほうから半兵衛の名が出るとは思わなかった。

「半兵衛……」

「へえ、どうやって吉野の旦那と知り合ったのかわかりませんが、足立屋も半兵衛さんには世話になっております。いえ、足立屋だけでなく他の材木屋も半兵衛さんを重宝しているようでしてね。どういうことだか詳しいことはわかりませんが、みんな商売がやりやすくなったと喜んでおります」

金三郎の話と食い違う。

「恨まれるような男じゃないってことですね」

「恨まれるなんて、とんでもない」

亮吉は鼻の前で手を振って語気を強めた。それから急に気づいたように、

「まさか半兵衛さんと足立屋を襲った賊が、つながってるとおっしゃるんじゃないでしょうね」

と、真顔になった。

「そういうことじゃありません。いや、大体のことはわかりました。忙しいところを邪魔をしました」

丁寧にいって立ち上がると、亮吉は茶も出さずに申し訳なかったと謝った。

浮世堂を出た銀蔵は海沿いの道に出て、顎《あご》をさすった。亮吉の話をそのまま信じれば、半兵衛は殺されるような人物ではない。遠くの空を眺めて、いったいどうなっているのだと思った。

その日の夕刻、一度家に戻った銀蔵のもとに吉松の子分栄次がやってきた。吉野と足立屋に詳しい男が見つかったという。

「どこに行けばいい？」

「兄貴の行きつけの店だ」

「千草屋《ちぐさや》か……」

五

千草屋は木挽町にある洒落《しゃれ》た小料理屋だった。

吉松の言付けは、店に部屋を取ってあるので、そこで待てということだった。会う相手は作右衛門《さくえもん》という隠居で、元は大工の棟梁だったらしい。

銀蔵は店の奥の間に入って作右衛門を待った。三畳ほどの小部屋には、小さな床《とこ》の間《ま》があり、違い棚に百合の一輪挿しが飾られていた。縁側に簾《すだれ》を垂らしてあり、その向こうに町屋の火明かりの映る三十間堀が流れている。

虫たちが小さくすだいており、蚊遣りの煙がゆっくり立ち昇っていた。風がないので、銀蔵は肌に浮かぶ汗を抑えるために団扇《うちわ》を使った。

やがて廊下をする足音がして、女中に案内された歳取った男が現れた。

「銀蔵さんだね」

「へえ」

銀蔵はあらたまって居ずまいを正した。

やってきたのが作右衛門だった。銀蔵の前にゆっくりした所作で座って、手にしていた扇子をぱっと音を立てて開いた。燭台の明かりに、深く刻まれたしわが作右衛門の年齢を表していた。おそらく六十前後だろう。だが、目の輝きに衰えはない。

「何を聞きたい？」

前置きなしで口を開いた作右衛門は、分厚い唇の端にかすかか笑みを浮かべた。一見強面《こわもて》だが、表情は穏やかだ。

「いくつかありますが、まずは材木商の吉野のことはご存じですか？」

「知るも知らぬも、先代から付き合っている問屋だ」

銀蔵が酌をしてやると、作右衛門はこれ一杯だけで、あとは手酌でやるときっぱりした口調でいった。

「本材木町には何軒も材木屋があるが、吉野をあそこまで大きくしたのは先代の茂吉《もきち》さんだろう。跡を継いだ倅の吉兵衛《きちべえ》がしっかり、その身代を守っているというわけだ」

「材木屋同士のいがみ合いはないんですか？　その商売敵という意味ではなく……」

作右衛門はゆっくり酒を飲んだ。

「そりゃあ商人とはいえ、同じ人間だ。気の合う店もあればそうでない店もある。些細《ささい》な諍《いさか》いがあってもおかしくはない。だが、昔は株仲間ってのがあって、材木屋同士商売の取り決めがあった。揉め事があっても株仲間が間に入って収めるのが常だった。

ところがお上が株仲間をやめさせちまったから、一時は値がばらばらになった。それじゃ釣り合いが取れないので、吉野の旦那が話し合いで平等にしようとしたことはある」

「…………」

「あるが、今度は吉野が抜け駆けして、値を釣り上げたり下げたりした。他の材木屋もそれに合わせたが、他が高くしたところで吉野は値を下げる。それが、できるのは吉野が大きな材木の卸商をつかんでいることもあるが、あの店の材木は質がいい。大工なら多少高くても質のいい木を使いたい。いい木を使えば、仕上がりだって違う、鉋《かんな》かけるのも鋸《のこぎり》を引くのも、その手応《てごた》えってえのが全然変わってくる。当然建て主も喜ぶ」

「費用がそれだけかかるんじゃありませんか?」

「かかるが、仕上がりがよければ大工の腕を認められる。あそこの大工は腕がいいという評判が立てば、いい注文が来る。そういうことだよ」

「それじゃ吉野が他の材木屋を牛耳ってるようなものじゃありませんか」

「そうでもないさ。一時、値崩れが起きて騒ぎになったが、いまは収まっている。何の波風も立っていない」

銀蔵は酒を舐めた。

「それじゃうまくいっているということですか？」

「まとめ役がいるんだ」

「誰です？」

作右衛門は肴《さかな》をつまんだ。冷や奴だ。

さっきから落ち着いた三味の音が聞こえていた。

「昔、深川で幅を利かしていた韮山の政吉という人がいる。もう年だが、とりまとめ役になって面倒を見ている」

ようやく金三郎が叔父貴《おじき》と呼んでいる政吉の名が出た。

「その政吉さんが揉め事のまとめ役なんですね」

「そういうことだ」

作右衛門はうまそうに酒を飲んだ。

「……半兵衛という人間をご存じですか？」

銀蔵は探るような目を作右衛門に向けた。

「いや、知らないな。誰だ？」

「吉野と親しくしている人間らしいんですが……」

「いや、初めて聞く名だ。もっともおれも近ごろは材木屋との付き合いはないから、新しい人間が入ってきてもおかしくはないだろう」

「賊に襲われた足立屋がありますね」

「ありゃ災難だったな」

「吉野が裏で糸を引いているんじゃないかと、そんな噂を耳にしたんですが……」

作右衛門は口の前で盃を止めた。

「誰がそんなことを？」

「……噂です」

「噂を真に受けるもんじゃない。証拠でもあれば別だろうが、滅多なことはいわないことだ。いずれ御番所（町奉行所）のほうで片づけてくれるだろうが、吉野がそんなことをするとは思えない。それに、足立屋の跡を継いだ倅を応援しようと音頭を取ったのも、吉野の吉兵衛さんだ。まさか、そんなことがあるわけない」

「そうだったんですか……」

金三郎から聞いたことと、また話が食い違っている。銀蔵は縁側の向こうに目を向け、作右衛門に顔を戻した。

「他に何か聞きたいことは……？」

作右衛門が聞いてきた。

「いえ、もう結構です。わざわざ足を運んでもらい、申しわけありませんでした」

「だが、何でそんなことを聞く？　吉松さんには黙って聞かれることに答えてくれといわれてはいるが、気になるじゃないか」

「……勘弁してください」

しばらく間があった。

「ま、いいだろう。だけどあんた、妙な考えはやめるんだよ。見たところ、まだ若いようだが、真面目《まじめ》にコツコツ生きることだ。焦って生きることはない」

「ありがとう存じます」

「ま、年寄りの説教など聞きたくはないだろうが……」

作右衛門はしばらく世間話をして、先に帰っていった。

銀蔵は残っていた酒をゆっくり飲んだ。

金三郎は、ことごとく半兵衛のことを悪くいった。だが、材木屋に表立った騒ぎもなければ、諍《いさか》いもないという。金三郎が嘘をいっているのか、それとも金三郎に今度の件を依頼した韮山の政吉が嘘をついているのか……。しかし、何のために……。

銀蔵は盃を一息にあおった。

六

吉松がふらりと銀蔵の長屋を訪ねてきたのは、翌朝のことだった。

銀蔵が茶漬けをすすり込んで茶を飲んでいるときだ。

「ずいぶん早いじゃないですか」

戸口に立つ吉松に驚いて湯呑みを持ったまま いった。狭い三和土《たたき》に昇ったばかりの朝日が射し込んでいた。

「邪魔するぜ」

吉松は後ろ手で腰高障子を閉めて、部屋に上がってきた。

「こんな早くに、何かありましたか？」

銀蔵は茶を淹れながら聞いた。朝が苦手な吉松は、普段ならまだ寝ている時分だ。実際疲れの取れていない顔をしていた。

「気が気でねえから来たまでだ」

銀蔵は茶を差し出して吉松を見た。

「昨日、おまえがいった半兵衛って男のことを調べてみた」

「………」

「たいした男だ。田舎出の日傭取りから一目置かれる男になっている」

吉松は茶を飲んでつづける。

「いまやどこの材木屋も半兵衛を頼りにしているそうだ。どんな男か気になったので、半兵衛の出入りする居酒屋に行って顔を拝んできた。人のよさそうな顔をしているが、骨のありそうな男だ。まわりの評判も悪くねえ。話はしなかったが、苦労人だというのはわかった」

「そうでしたか。じつはおれも、足立屋の元手代から同じようなことを耳にしたんです。半兵衛がいるお陰で、材木屋は商売がやりやすくなったような話を……」

「銀蔵」

吉松が表情を引き締めた。

「はい」

「この話は誰から受けた？」

「……………」

「おまえは忠蔵一家の金三郎の手伝いをしているな」

「……………」

「やつからの話だろう。正直にいえ。他に漏らしはしねえ」

銀蔵は黙り込んだ。吉松は信用のおける男だ。洗いざらい話してもいいが、金三郎を裏切ることになる。

「金三郎との内密な話だろうと察しはついている。そのことを考えていたら眠れなくなっちまってな。こうしてのこのこやってきたってわけだ」

そこまで自分のことを心配してくれる吉松に胸が熱くなった。

銀蔵はじっと吉松を見た。

「大方の察しはついた」

銀蔵はまばたきもせず、寝不足顔の吉松を見つめる。

「材木屋はこれまで株仲間で守られてきた。だが、お上のお達しで株仲間は解散させられちまった。そこでまとめ役になったのが、先代の忠蔵一家にいた韮山の政吉だ」

銀蔵はぴくりと、こめかみの皮膚を動かした。吉松はつづける。

「政吉は隠居の身だが、人の心をつかむのがうまい年寄りだ。商売上の揉め事や何か問題が起これば、うまく立ち回って穏便にすませていた。そうはいってもただで動く男じゃない。面倒を見てもらう材木屋はそれなりの金を上納しなきゃならねえ。何もなくても毎月決まった金をな。うまい商売だが、年季の入った博徒ならいかにもやりそうなことだ」

吉松は茶を飲んで舌を湿らせた。

「ところが、政吉に邪魔が入った。それが半兵衛だ。早い話が、半兵衛が出てきたお陰で、政吉に上納金を納めていた店が徐々に減っていった。形ばかり納めている店もあるようだが、それもこれまでの三分の一がせいぜいらしい。……どういうことだかわかるか？」

「……政吉は顔をつぶされたことになりますね」

「そういうことだ。おまけに実入りまで減っちまった。政吉は寝返った店に腹を立てもするだろうが、何より半兵衛を恨むはずだ。邪魔でしかたねえと思っているだろう。実際、政吉はそれとなく半兵衛に脅しをかけているようだ」

「そうでしたか……」

「銀蔵、政吉は半兵衛の命を狙ってるんじゃねえのか……？」

吉松は人の心を射るような目を向けてきた。

銀蔵はもう嘘はつけなかった。

「吉松さん、そこまで教えてもらったからには黙っているわけにいきません。正直なところ、悩んでいたんです。どうすりゃいいかわからなくなっちまって……」

「金三郎から話が出たんだな」

「そうです」

銀蔵はうなずいてから、半兵衛暗殺を頼まれたことをつまびらかにした。長屋の表はおかみや子供の声で騒々しかったが、銀蔵の低く抑えた声を吉松は最後まで黙って聞いていた。

「……それで考えたいから二日ばかり待ってくれるように頼んでいたんです」

銀蔵はそういって話を結んだ。

話を聞いていた吉松は、あおいでいた扇子を閉じた。

「藤巻のことはともかく、やつは本当に茂三郎親分を殺したやつを知っているといったんだな」

「はい」

吉松は宙の一点を見据えて考え、しばらくしてから銀蔵に視線を戻した。

「……それで金三郎にはいつ返事をする」

「今夜です」

「そうか……」

吉松は唇を舐めて、煙草に火をつけた。銀蔵は煙草盆を前に置いてやった。戸口を閉めてあるので、部屋が蒸してきた。唐紙には強い朝日が当たっていた。

「金三郎にとって政吉は叔父貴分だ。それに、金三郎は政吉に面倒を見てもらって、忠蔵一家でのし上がってきた男だ。政吉の頼みなら金三郎は何でも聞くはずだ。だが、てめえで半兵衛を始末すれば足がつきやすい……なるほど、そういうことだったかい。……それで、どうするつもりだ？」

「断ります」

吉松は煙管の灰を静かに落とした。

「金三郎は素直に聞くかな……」

「おそらく聞いてはくれないでしょう。しかし、できないものはできません」

「銀蔵……断りゃ、命を狙われるかもしれないぞ。金三郎ってやつは、そんな男だ。いい面をしているときはいいが、手のひらを返す相手には容赦しねえのが、金三郎だ。同じ博徒だから、そのぐらいのことはおれだってわかっている」

「命が惜しいからといって、やるわけにいきません」

「そりゃそうだろう」

「ともかく断りだけはきちんと入れようと思います」

唐紙越しのあわい光に、吉松の目がキラッと光った。

「……話をしてどうなったかをおれに教えてくれ。場合によっちゃ、金三郎より先に動くことになるかもしれねえ」

銀蔵はつばを呑んだ。喉仏が動き、ごくりと音がした。

「どういうことです？」

ぼんやりとわかっていたが、聞かずにおれなかった。

「殺《や》られないように手を打つってことだ。おまえのことだ、放《ほう》っておけねえ」

「……吉松さん」

「とにかく金三郎と話をしたら、おれのところへ来い」

「わかりました」

銀蔵はこわばったままの顔で答えた。

第三章　決断

一

いつの間にか深みにはまっていることに気づいた。足を抜こうとしても、すぐに何かに搦《から》めとられ、引きずり戻されるような、どうしようもない深みだ。

相手が悪かった。金三郎と付き合って三年ほどたつが、一定の距離を保つようにしていた。だが、生計《たつき》を考えているとき、目の前にうまい餌《えさ》をぶら下げられた。それにあっさり食いついてしまったのが、馬鹿だった。

金三郎のことはいろいろ聞いている。

忠蔵一家のためなら骨身を惜しまず忠義を尽くす男、面倒見もいい、やさ男だが胆力の据わった男……。いい噂《うわさ》だけじゃない。敵にまわしたら思った以上に残忍で怖い男だ、頭が切れる分小狡《こずる》いところがある、冷たい男だ、一家の金を懐に入れているらしい、少なくとも三人は〝眠らせている〟などと、目に見えない影の噂も聞いている。

銀蔵はその日、何をするでもなく町をぶらついていた。無意味に時間が過ぎてゆくだけで、気づいたときには日が落ち、町屋の通りに灯が入れられていた。

新川に架かる二ノ橋の近くにいた銀蔵は、ぼんやりした目を河岸場に向けていた。海から戻ってくる艀《はしけ》があれば、荷を空にした荷舟が舟着場を離れていく。雁木《がんぎ》を上がってきた人足たちが、汗を拭《ふ》きながらどこへ飲みに行こうかと、楽しそうに話している。

若い奉公人と女中を連れて歩く近所の酒問屋の主《あるじ》が、橋を渡っていった。恰幅《かっぷく》のいい主はいかにも分限者《ぶげんしゃ》風情で、冗談を口にして愉快そうな声を上げていた。

平穏である。みんな一日の労をねぎらうために、家路についたり、遊びに行ったりしているのだ。誰もが幸せに思えた。贅沢《ぜいたく》はできなくても、ささやかなぬくもりを味わう人々がねたましかった。

潮の香りを運んでくる風が頰《ほお》を撫《な》でていった。銀蔵は南の空に姿を見せた三日月を見て、小さな吐息をついた。

うじうじしている自分がいやになった。拳《こぶし》をじんわりと固め、早くケリをつけるために金三郎に会ってしまえと思った。半ば開きなおった銀蔵は新川をあとにした。すでに六つ半（午後七時）近い。金三郎が葉月に通っているころだ。いなかったら待てばいい。

永代橋を渡り、深川に入った。いつもと違って胸がざわついていた。はっきり断るつもりだが、金三郎はどう出るかわからない。一見物わかりのいい顔をしているが、裏表のはっきりした男だ。

だが、今回にかぎって、金三郎が渋い顔をするのは目に見えている。渋い顔をするだけですませてくれればいいが、そう都合よくはいかないだろう。

銀蔵は勇《ゆう》を鼓《こ》すために、何度も胸の内で同じことを吐き捨てた。

くそッ、くそッ、くそッ……と。

仲町の裏通りに入る。化粧の匂《にお》いと、腐ったごみのような饐《す》えた匂いが鼻をついた。

狭い通りには赤い提灯《ちょうちん》や、軒行灯《のきあんどん》の黄色い明かりがこぼれている。白塗りをし、襟を抜いた客引きの女郎の姿もある。声をかけようとしてきた女が、銀蔵に気づき、はっと口を手でふさいだ。

「商売熱心だな」

いってやると、女は照れくさそうな笑みを浮かべた。

女に声をかけたのは些細《ささい》なことだったが、銀蔵はそのことで腹を据えた。いうことはいう。断るべきことは断る。よしッ、と自分に気合を入れる。

葉月の前には水が打ってあり、そこだけひんやりした空気があった。葦簀《よしず》を立てかけた戸の横にある鉢植えの朝顔が、行灯の明かりに浮かんでいた。

暖簾《のれん》をくぐって店に入ると、板場の前にいた女将《おかみ》と目が合った。いらっしゃいませと声をかけてくるが、他の客に声をかけるときと違い、硬い表情だ。自分も金三郎と同じ博徒と思われているからしかたがない。客は四分の入りだった。

土間を進むと、衝立《ついたて》の向こうに金三郎の顔が見えた。目が合うと、片頬に笑みを浮かべ、こっちだと手をあげた。文吉《ぶんきち》という若い子分と、ひとりの三下を相手に酒を飲んでいた。

「そろそろ来るころだと思っていたんだ」

金三郎はそういって、同席していた二人に、

「悪いがおまえたちは河岸を変えてくれねえか」

そういって、小遣いを渡した。

文吉と三下は相好を崩し、頭を下げると、銀蔵に親しげな目を向けてから客間を下りた。入れ替わるように銀蔵が上がり込む。

「ま、やりな」

銀蔵は金三郎の酌を受けた。文吉と三下が店を出て行くのがわかった。

「それで腹は決まったかい？」

金三郎はゆっくりした所作で、煙管《キセル》を口にくわえて銀蔵を見た。

「気分を害されると困るんですが……」

銀蔵は盃をほすと、居ずまいを正して金三郎を正面から見た。

「いろいろ考えましたが、あの話は受けられません」

金三郎の薄い眉《まゆ》が動き、目が細められた。煙管をくわえたまま煙を吐いた。

「おれにはできないことです。勘弁してください」

銀蔵はさっと頭を下げた。

「……おれの頼みが聞けねえと、そういうわけだ。おれとの約束を違《たが》えて……おれがおめえにしてやった恩も忘れて……できねえと……」

銀蔵は両手で強く膝《ひざ》をつかんだ。

「なぜ、断る？」

「半兵衛という男には恨みも何もありません」

金三郎は煙管を煙草《タバコ》盆に、コンと打ちつけた。

「……そりゃそうだ。おまえのいうとおりだ。おめえは、おれや一家の盃を受けているわけでもねえ。義理立てもいらねえ半稼者だ。だがよ銀蔵、よく考えてみな」

金三郎は身を乗り出して、顔を近づけてくる。声は低めたままだ。目は銀蔵から片時も離さない。

「男を売れるぜ。半稼者だろうが、おめえはおれたちと同じ人間だ。この深川じゃ誰もが忠蔵一家の息のかかった男だと思っている。それに、いつまでも中途半端な暮らしじゃ、どうしようもねえだろう」

「…………」

「おめえは地味で味気ないまっとうな道を歩けるようなやつじゃない。おれにはよくわかっている。おめえの目がそうだ。博徒になりゃ、出世間違いなしだ」

「いっておきますが……」

銀蔵は金三郎を強く見返した。

「おれは渡世人になるつもりも、どこかの一家に身を預けるつもりもありません」

「それじゃ堅気《かたぎ》を通して生きるってことかい」

金三郎の目が厳しくなった。その目の奥に剃刀《かみそり》のような光が宿った。

「……あくまでも堅気です」

いってやると、金三郎の片頬が小さく震えた。それから下唇を嚙《か》み、ゆっくり首を振って薄笑いをした。

「そうかい、わかった。ま、おまえの好きなように生きることだ。おれもちょっと甘かったようだ。悪かった」

金三郎は乗り出していた身を元に戻すと、懐から例の紙包みを出して、銀蔵の前に差し出した。さらに、財布から山吹を五枚つかみ取り、それにのせた。

「おまえにとっちゃ大仕事だ。安請け合いさせようとしたおれが悪かった。だが、これで何とか呑《の》んでくれねえか」

見くびられている。誤解されている。銀蔵は奥歯を噛んだ。

「堅気のままでいいさ。渡世人になろうなんてやつはろくなやつじゃねえ。おまえは何をやってもうまくやるだろう。だが、それには元手がいる。ここに二十両ある。大工の一年分の稼ぎと変わらねえ大金だ。これで黙って引き受けてくれ。あとの手引きはおれのほうでうまくやる」

金三郎はさらに金を銀蔵のほうに押した。

銀蔵は金には目もくれず、目の前の盃を凝視していた。

「どうした。しまいなよ。あとは楽しく飲もうじゃねえか」

「金三郎さん……」

盃をつかんだ金三郎が、口辺に笑みを浮かべたまま見てきた。

「半兵衛という男はしたたかな人間かもしれません。ですが、多くの材木屋は半兵衛を頼りにしています。金三郎さんはそのことを知っていますか？」

金三郎の顔から、すうっと笑みが消えた。

「何だ？」

「いわずにおこうと思いましたが、いわせてもらいます。金三郎さんの叔父貴《おじき》にあたる政吉さんは、本材木町や南伝馬町界隈《かいわい》の材木屋の面倒を見ておられたそうです。ところが、半兵衛という男が出てきて、代わりにとりまとめ役になったといいます。評判も悪くありません。そのせいで政吉さんへの上納金が減るばかりでなく、多くの材木屋が政吉さんから離れていると聞きました」

「誰がそんなことを……」

金三郎は吐き捨てるようにいった。

「そこまでいえば、察しはつくでしょう。政吉さんは単に半兵衛という男が邪魔になっただけなんです。しのぎの金が減ったことが気に食わないだけで……」

「面子《メンツ》をつぶされてんだ」

声は低かったが、金三郎は強く遮った。目をぎらつかせ、眉間《みけん》にしわを彫った。

銀蔵は一度深く息を吸った。こういうときは落ち着くべきだと胸の内にいい聞かせる。

「縄張りを取られたのも同じだ。それもどこの馬の骨ともわからねえやつに、仁義も知らねえやつにだ。そんなやつを放《ほう》っておけるか」

金三郎は勢いよく酒をあおった。

「金三郎さん、政吉さんを説得することはできませんか?」

「なんだと!」

金三郎は盃をたたきつけるように折敷《おし》きに置いた。勢いがあったので、銚子《ちょうし》が倒れて、その口から酒がこぼれた。

「落ち着いてください。政吉さんはもういい歳だと聞きます。それに隠居の身です。互いに損のないように、半兵衛さんと話をしてもらえばいいんじゃありませんか」

金三郎は何もいわなかった。顔を紅潮させ、目に怒りを表していた。

「ともかく、この話は受けられません」

銀蔵は膝許《ひざもと》の金を押し返した。

とたんに金三郎の口がねじれた。

「てめえ、おれに説教たれやがったな。そんなことができりゃ、端《はな》からそうしてるさ。叔父貴にとって、しのぎを取られるってことは、命を取られるのも同じことだ。おれはそれがよくわかっているから頼んでいるんだ。それに、おれにとって叔父貴は親も同じだ。親の頼みを聞かねえ子はいねえ」

勝手な理屈だ。銀蔵は腹の底に憤《いきどお》りを感じた。

「だったら金三郎さんがやればいいのではありませんか」

いってしまった。

「野郎……」

赤くなっていた金三郎の顔が、白くなった。代わりに目が血走った。

「どうしても断るっていうのか？」

「申しわけありません」

銀蔵は頭を下げた。

短い沈黙があった。

その席だけ、針でつつけばいまにも破裂しそうな、異様な緊張感に包まれた。

「このことはかまえて他言しませんので、ひらに、ご容赦ください」

銀蔵はもう一度両手をつき、丁寧に頭を下げて腰を上げた。

金三郎は視線を外したまま何もいわなかった。だが、小上がりを下りようとしたとき、「待て」と呼び止められた。怒気を含んだ顔が向けられた。

「銀蔵、おれの一生に一度の大事な頼みだったということを忘れるんじゃねえ」

「…………」

「これから外を歩くときは気をつけな」

脅し文句を吐かれたが、銀蔵はひるみも見せずそのまま店を出た。

二

ちりん、ちりーん……。

夜風に風鈴が鳴っていた。

吉松は膝に肘《ひじ》をのせたまま団扇《うちわ》をゆっくりあおいでいた。目はくゆる蚊遣《かや》りの煙の先に向けられていた。

銀蔵はその横顔をじっと眺めていた。

「……もう一度会って話したほうがいいでしょうか？」

声をかけると、吉松の顔がゆっくり振り向けられた。

銀蔵は葉月からまっすぐ吉松の家に来ていたのだった。

「いや、かえってこじれるばかりだろう。やはり、そういうことになったか……」

「おれも穏やかにすむとは思っていませんでしたが……」

　金三郎と別れたあとしばらくは、内心の興奮もあり、これで手が切れたと思っていた。しかし、永代橋を渡り終えるころに、えもいえぬ恐怖心に襲われた。

　いまもその恐怖心は消え去っていなかった。銀蔵は吉松の出してくれたぐい呑みの酒に口をつけた。

「おれが出ていって話をつけるという手もある、と考えていたが、それも無理だろうな。やつはおまえの命を取らないまでも、何か仕掛けるはずだ」

　吉松の冷静なものいいは、銀蔵の心をさらに恐怖させた。博徒の怖さが半端でないのは、この数年でいやというほど学んできた。

「半兵衛さんと政吉さんに席を設けさせて、じっくり話をさせることはできませんか。何が一番よいか考えたんですけど、それしかないように思うんです」

「甘いよ」

　吉松は一蹴《いっしゅう》した。

「政吉は自分の顔をつぶされたと思っている。また、そんなことをすれば、金三郎が余計なことをしたと、荒れ狂うだろう。いまは様子を見るしかない。下手なことをすれば、金三郎は本当に見境のつかないことをやっちまうだろう」

「それじゃ……」

「ふむ」

吉松は腕を組んで、また深い考えに耽《ふけ》りはじめた。

そんな姿を見る銀蔵は、この人にも迷惑をかけているのだと思わずにはいられない。

しかし、この窮した状況を抜けるための相談相手は他にはいなかった。

長屋は静かだった。ときどき、赤子のぐずる声が聞こえるぐらいで、あとは微《かす》かな風鈴の音しか聞こえない。

吉松は煙管を吹かしはじめた。銀蔵は考えに耽る吉松を眺めているしかない。ぐい呑みを手にして、ちびちび酒を舐《な》める。

「金三郎はすぐ動きはしないだろう。やつはやつなりに考えをめぐらしているはずだ。だが、本当に出歩くときは気をつけろ」

「……はい」

「うまく片づけようと思っていたが、よくよく考えると面倒なことになったな」

「すみません、おれのせいで……」

銀蔵は恐縮して頭を下げた。

「そんなことは気にするな。また、おれがどうしたからって恩に着ることはない。おれも恩を売るつもりはない。そのことは胸にしまっておいてくれ」

ふらりと燭台の炎が風に揺れた。

銀蔵は吉松と金三郎では、人間の質が違うということを思い知った。同じ博徒でも、吉松は筋を通す俠気《きょうき》がある。対する金三郎にも、俠気はあるが、自分本位な考えには危険を感じる。

「おまえを守らなきゃならねえ」

吉松のしみじみしたその口調に、銀蔵は思わず胸を熱くした。こんな身近なところに、本心から自分を思ってくれている人がいたと、いまさらながら思った。

「それに、おれはやつの口から茂三郎親分を殺《や》ったやつのことを聞きたい。もちろん藤巻のこともある」

「吉松さん」

「……ん？」

「吉松さんの敵《かたき》のことはともかく、藤巻だったら捜せると思うんです。金三郎さんの口ぶりからすれば、深川の岡場所のどこかにいるはずです。顔見知りの女郎に、それとなく探らせることはできます。新入りの女郎はそういないはずですから、見つけるのに手間はかからないと思うんです」

「……だが、深川は金三郎の縄張内《しまうち》だ。こうなったいま、おまえは滅多に歩けないはずだ」

そうであった。銀蔵は下唇を嚙んだ。

「ともかく、何かいい手を考える。おまえはしばらく大人《おとな》しくしていろ。だが、何かあったらすぐにおれのところに来い。おれも何かいい知恵が浮かんだら、おまえに知らせる」

「すみません」

銀蔵はしばらくしてから、吉松の家を出た。

くっきりとした三日月は、西のほうに移動していた。

三

翌日は一歩も長屋を出ないで、吉松の沙汰《さた》を待ったが、結局日が暮れても何もなかった。銀蔵は大きな体を狭い家で持てあましながら、いろんなことに思いをめぐらせていた。

郷里のこと、おしずと約束した花火見物のこと、どうしたら千代にわかってもらえるかということ、もちろん頭の大半は金三郎のことではあるが……。

ぺしりと、脛《すね》に吸いついた蚊をたたきつぶした銀蔵は、おもむろに半身を起こしてあぐらをかいた。戸口から風は入ってくるが、団扇をあおいでも蒸し暑さはいっこうにやわらがない。

涼みに出ようと思い立ったのはすぐだ。長屋を出ると、そのまま新川に向かった。河岸場には威勢のいい昼間の喧噪《けんそう》はないが、代わりに穏やかな明かりがぽつぽつと闇《やみ》のなかに浮かんでいる。いずれも料理屋や居酒屋である。

ふと、背後に慌ただしい足音がしてどきりとした。とっさに振り返って身構えたが、子供が駆けていっただけだった。銀蔵は、ふうと息を吐き、何を怯《おび》えているのだと自分を嘲笑《あざわら》った。

二ノ橋を渡り、銀町《しろがねちょう》二丁目にある小料理屋に入った。狭い入れ込みに上がると、風の吹き込んでくる格子窓の外を眺めた。

提灯を下げた男と女が海のほうに歩いていった。提灯の明かりに浮かんだ顔が、千代に似ていたので、一瞬はっとしたが、すぐに人違いだと気づいた。

酒をもらって、貝の佃煮《つくだに》を肴《さかな》にゆっくりやり出した。

「なんだい、いい若いもんが一人寂しく酒かい」

ふいの声に顔を向けると、利兵衛《りへえ》が目尻のしわを深くしてそばに座った。

「これは旦那」

銀蔵もしばらく顔を合わせていなかったので、嬉《うれ》しそうに微笑《ほほえ》んだ。いまの長屋を借りるときに請人《うけにん》になってくれた油屋「遠州屋《えんしゅうや》」の隠居だった。

「邪魔していいかい？」

「いいもなにも、さあどうぞ」

銀蔵は席を勧め、女中に酒を追加して盃をもらい、利兵衛に酌をしてやった。

「どうだい仕事のほうは、うまくいってるかい？」

「ぼちぼちです」

「……ぼちぼちか、それが一番だ」

利兵衛はのんきなことをいって、しばらく世間話をした。店を継いでいる倅《せがれ》の嫁とうまくいっていないらしく、その愚痴も遠慮なくしゃべった。

「まあ、酒でも飲みたい心境にもなるよ。それにしても手塩にかけて育てた倅も、いざとなると嫁の味方にまわるから、何だか考えさせられちまうね。それでいて、何か困ったことがあると大旦那様と来やがる」

利兵衛は箸《はし》を使わず、烏賊《いか》の塩辛を指でつまんで口に入れる。よほど話し相手がほしかったらしく饒舌《じょうぜつ》だった。銀蔵は相づちを打ちながら聞き役に徹した。

「わたしに向かって夫婦揃《そろ》って意見していたと思ったら、今度は夫婦で仲違いだ。家にいると頭がおかしくなる」

「幸せでいいじゃないですか……」

銀蔵は笑いながら手酌した。

「何が幸せなもんか。女房は女房で、旗色が悪くなると昔のことを持ち出して、ああだったこうだったと反対に責めやがる。よくそんなことを覚えているもんだと感心するが、女ってえのは根に持つもんだねえ。こちとら竹を割ったような人間だから、すんだことはころっと忘れちまっているんだが、まったく女にはかなわない。ところで銀蔵さん、あんたもいい歳になっただろう。そろそろ嫁のことを考えたらどうだ」

急に話が自分のことになった。

銀蔵はまだ先のことだといなすが、利兵衛はしつこい。

「そんなことといってると、嫁を取りそびれちまうよ。女ってやつはうるさい生き物だが、それでももらうときにもらっておかなきゃねえ」

利兵衛の鼻の頭は、無花果《いちじく》のように赤くなっていた。

「まあ、そのうち考えますから……」

「それで仕事はぼちぼちといったが、ほんとにうまくいってるのかね？」

利兵衛は、今度は真顔を向けてくる。

「ええ、ご心配いりませんよ」

「銀蔵さん、わたしゃあんたの請人だ。それだけの責任というやつがある。もしよかったらいい仕事を世話してやってもいいよ」

「お気持ちは嬉しく戴《いただ》いておきます」

「いや、ほんとうさ。ちょいとあんたのことは気にかかっていたんだ。このままじゃ、あんまりよくないんじゃないだろうかってね」

銀蔵が盃から顔を上げると、利兵衛は視線をそらした。おそらく自分がどんなことをして暮らしているか知っているのだろう。はっきり知らないまでも、それとなく感づいているはずだ。

「その気になったらいつでも相談に乗るよ」

「ありがとうございます」

銀蔵はしんみりした顔で答えた。すぐにでもお願いしますといってもよかった。だが、それはできない。いまは目の前にある問題を片づけなければ、前へ進めないのだ。

利兵衛を相手に三合の酒を飲んだ銀蔵は、軽く茶漬けをすすって帰路についた。遠くの空から雷の音が聞こえてきた。

東の彼方《かなた》に罅《ひび》のような光が走り、そのあとで雷が鳴った。

何となく不気味な夜空に、不吉なものを感じ、警戒するようにまわりを見まわした。付近にあやしげな人影はなかった。やはり金三郎のことが気になっているのだ。おれも気が小さいなと、首を振ってもう一度夜空をあおいだ。

雲が多くなっており、月も見えなくなっていた。

明日は雨が降るかもしれない。

その夜は遅くまで起きていたが、吉松からの連絡はついになかった。

四

雨音で目が覚めた。

庇《ひさし》から落ちる雨は、ぼとぼとと大きな音を立てている。

夜具から這《は》いだして腰高障子を開けると、冷えた空気といっしょに雨が吹き込んできた。どの家も戸を閉めて、ひっそりしている。この天気だと出職の大工や左官は休みだろう。

風を入れるために、少しだけ戸を開けたまま居間に戻った。

今日は何をしようかと、銀蔵は壁の一点を見つめる。とくにやることはない。金三郎の手伝い仕事も終わったので、何か金になることをしなければならないが、何のあてもない。あるとすれば、藤巻を見つけて、五郎七親分のもとに連れて行くことぐらいだ。

銀蔵は畳の目を数えるように、ぼんやりした顔で座り込んだ。決まった仕事もせずに、よくこれまで過ごしてきたものだと思う。暮らしに困ることはなかったが、いつまでもこんなことがつづくとは思えない。

昨夜会った利兵衛の言葉が思い出された。定職に就くべきだろうが、世の中は天保の飢饉《ききん》以来の不景気で、いい歳をした大人に堅い仕事は容易に見つからない。また、どこかの店に入って奉公するというのも躊躇《ためら》われる。まだ、十代だったらそれもできただろうが……もう二十三だ。

銀蔵は自分の手を見つめた。剣術で鍛えた手は節くれ立ち、血管が浮き出ている。だが、その腕もずいぶん落ちているだろう。

一人家に籠《こ》もっていると気が滅入ってしまう。雨のやむ気配はなかったが、簡単に朝餉《あさげ》をすませると、傘をさして長屋を出た。

雨の降りしきる通りはぬかるんでおり、あちこちに水溜《みずた》まりが出来ていた。どこの商家も雨戸を閉め、表戸も少ししか開けていない。濡《ぬ》れるのを嫌って暖簾をしまっている店もあった。

一軒の家の前で立ち止まり、雨に濡れる庭の紫陽花《あじさい》を眺めた。すでに花は落ちており、青葉が茂っているだけだ。雨蛙《あまがえる》が大きな葉にしがみついていた。

この雨だ。金三郎は動かないだろう。深川にはしばらく足を向けないでおこうと思ったが、この天気なら問題ないかもしれない。それに傘をさしているので、自分の顔を隠すこともできる。

銀蔵は永代橋を渡った。強い雨のせいで深川の町は烟《けむ》っていた。大川を上り下りする舟もない。町も川も眠ったように静かだった。

橋を渡って深川佐賀町に足を向けた。途中で何度か足を止め、まわりを見た。金三郎の子分のいる気配はない。千代の店は誰にも教えていない。店のことを知っていても、自分が懇意にしていることを知っている者もいない。吉松にさえ教えていない。

正直なところ、千代は大事な人だった。飾り気がなく、歯に衣《きぬ》を着せぬものいいが好きだった。それに親身になって叱《しか》ってくれる。下手をすれば誤解を招き嫌われる女かもしれないが、銀蔵はひそかに年上の千代を慕っていた。

養子になっている清吉も可愛《かわい》い。生意気な子供だが、早くに両親と生き別れているみなし子である。接していると、不憫《ふびん》だというより、何とか守ってやりたいという感情に駆られるのだ。

店の前に来た。やはり暖簾はしまわれていた。だが、店を閉めているわけではない。腰高障子に書かれた桜屋という字が雨に濡れていた。

そばまでやってきて、どんな顔で千代に接すればよいのかと戸惑った。と、目の前の戸がさっと横に引かれた。

「あっ」

と、目を見開き、声を上げたのは清吉だった。

「銀ちゃん」

そういって嬉しそうに微笑む。

「出かけるのか？」

「ううん、ほんとは手習い所に行かなきゃならないけど、この雨だから休みだよ。早く入りなよ。濡れちゃうよ」

「お千代さんは？」

「いるよ」

銀蔵はどうしようか二の足を踏んだが、このまま引き返すわけにはいかない。傘をたたんで、ごめんよと声をかけて店に入った。

すぐに千代と目が合ったが、さらりと視線をそらされた。

「煙草かい?」

千代がそっけない声で聞いてくる。

「ああ、薄舞《うすまい》を少しでいい」

「こんな雨のなかをわざわざ……ご苦労なこった」

まったく愛想がない。銀蔵は黙って框《かまち》に腰をおろして、表の雨を眺めた。奥に引っ込んだ清吉が茶を持って戻ってきた。

「銀ちゃん、この雨だからどうせ仕事は休みだろ。ゆっくりしていっておくれよ」

「ああ、すまねえな」

銀蔵は茶に口をつけた。

千代が薄舞を包んで差し出した。百文だという。銀蔵は黙って代金を渡した。

「銀ちゃんさ、今度剣術教えてくれないか。おいら剣術も習いたいんだ」

「そうか……。まあ、暇があるときに手ほどきしてやろう」

「ほんとだよ」

清吉が目を輝かせたとき、千代が口を挟んできた。

「清吉、ちょいと外してくれるかい?　銀ちゃんと話があるんだ」

清吉は口を尖《とが》らせて、千代を見たが、

「おさらいがあるだろ。二階に上がっていておくれ」

有無をいわせぬ口調でいわれた清吉は、恨めしげな視線を銀蔵によこして、しぶしぶと二階につながる梯子《はしご》を登っていった。

しばらくの沈黙。

雨の音だけが耳朶《じだ》をたたいていた。

「……何か話があって来たんだろう。わざわざ煙草を買いに来る天気じゃないからね」

先に千代が口を開いた。

「顔を見に来ただけだ」

「………」

「いや、ほんとはお千代さんに謝りたくて来た。お千代さんのいうとおりだ。おれは浅はかだった」

銀蔵はそういって無表情な顔をしている千代を見た。

「やくざを嫌うお千代さんのことはよくわかっている。おれも嫌いだ。金三郎さんとは手を切った」

千代の目がわずかに開かれた。それから、ふっと、あわい行灯《あんどん》の明かりを受ける白い頬に笑みが浮かんだ。

「無理しなくていいよ」

「無理……」

「あたしも口が過ぎた。ごめんよ。あんたに素直になられちゃ、あたしもかなわない。それに、あたしはあんたのそんなところが気に入ってるんだ」

銀蔵は照れを誤魔化《ごまか》すように茶に口をつけた。

「あたしも身勝手なことをいったと、ちょっぴり後悔していたんだ。あんたにはあんたの生き方があり、考えがある。あたしの勝手な物差しを、人に押しつけちゃいけないとね」

「そんなことは……」

「あるよ。生きる値打ちとか幸せなんて、人それぞれだ。自分の考えを正しいと思って押しつけるのは間違っていると気づいたのさ。あ、ちょいと待っておくれ」

千代はすっと腰を上げると、台所に消えてすぐに戻ってきた。二つの湯呑みに酒が注《つ》がれていた。

「しらふじゃこんな真面目《まじめ》な話できないもの。そうじゃない……」

千代は照れくさそうな笑いを頬に浮かべ、さあやろうよという。いつしか、千代にあった険が取れていた。銀蔵は黙って酒に口をつけた。

「よそ見ばかりしないで、自分を見つめて生きるってことを忘れちゃいけないと思うんだよ。三十年増《どしま》がいうことなんか聞きたくはないと思うけど……」

「そんなことはない」

「……そうかい。ならいわせてもらうよ。前にも話したけど、あたしの亭主は掏摸《すり》だった。どうしようもない男だったさ。考えてみりゃその辺のゴロツキと同じだった。挙げ句やくざに刺されて、あっけなく死んじまった。それでも、あたしがこうやってどうにか生きていけるだけの金を残してくれた。それだけは感謝している」

酒のせいかどうかわからないが、心なし千代の目の縁が赤くなっていた。

「あたしゃ、あんたを見ていると、どこか死んだ亭主に似てるような気がするんだ。全部じゃない。腰の据わった仕事ができないってところだけだけどね。だからつい、口うるさいこといっちまうんだ」

銀蔵は酒の入った湯呑みを両手で包んだ。

「きっとあんたはわかっていると思うんだ。まともに生きていけないってことを……そうじゃないかい？」

銀蔵は黙って千代を見た。核心をつかれているだけに何も返す言葉がない。

「いいんだよ。銀ちゃんがやくざでも……。でも、あんたは根っからの悪い人間じゃない。弱い者いじめは嫌いだし、曲がったことも嫌いだ。あきれるほど、うぶなところもある。……だから、あんたを見放すことができないんだろうね」

銀蔵は太い斜線を引く雨を眺めた。嬉しかった。やはり、会いに来てよかった。黙っていると、千代は勝手につづけた。

「町の者から毛嫌いされるやくざでも、みんながみんな悪いわけじゃない。筋を通してまっすぐ生きているやくざもいる。あたしもそんな人を何人か知っているしね。もし、もしよ……」

銀蔵は千代に顔を戻した。

「あんたがまともな職に就けない暮らしをこの先つづけても、足を踏み外してほしくないんだ。あたしはそれがいいたかったのさ」

「お千代さん……」

「…………」

「ありがとう。そんなことといわれるとは思っていなかったよ」

「そうかい……」

「お千代さんには嘘はつけねえな」

「どうせついたってあんたの嘘はすぐばれちまうよ」

千代は小さく笑った。

それまで二人の間にあった堅い空気がほぐれた。

「さっき、金三郎と手を切ったといったけど、本当かい？」

まっすぐな目を千代が向けてくる。銀蔵は少し考えた。金三郎との縁は切れたも同然だ。嘘ではないはずだ。

「もう付き合うことはないだろう」

「そうかい、それを聞いて安心したよ。もうこれ以上は何もいわないよ」

「お千代さん、これだけははっきりいわせてくれ」

「なんだい？」

「何があろうが、お千代さんや清吉に迷惑をかけるようなことはしない。それだけは信じてくれ」

二人は見つめ合った。

店は雨音に満たされているだけで、他には物音ひとつしなかった。

「……信じてるさ」

千代がにっこり微笑んだ。

銀蔵も笑みを返した。それから薄舞の包みを懐に入れて立ち上がった。清吉と遊んでいかないのかといわれたが、用事があるからと店を出た。

思いがけず、深川の忠蔵に出くわしたのはその帰りだった。

五

それは永代橋を渡り、御船手番所の前を過ぎたときだった。

前方の河岸道から徒党を組んで歩いてくる一団があった。顔は傘に隠れていたが、みんな揃ったように半纏《はんてん》を着込んでいる。なかでもひときわ体の大きい男が目についた。

たしかめるまでもなく深川の大親分、忠蔵だとわかった。何しろ身の丈六尺（約一八二センチ）に二十六貫（約九八キロ）という巨漢だ。

銀蔵はとっさに傘を前に倒して、顔が見えないようにした。そのまま気づかないふりをして豊海橋《とよみばし》を渡ろうとしたが、

「おい、銀蔵じゃないか……」

という声がかかった。

心の臓が早鐘《はやがね》を打った。逃げるわけにはいかない。

「やはりそうか」

振り返ると、忠蔵がにらむように見てきた。巨体にくわえ鬼瓦《おにがわら》のような赤ら顔をしているので、誰もが顔を合わせれば逃げるように道を開ける。足も腕も丸太のように太く、肉づきのよい顔にも、太く吊《つ》り上がった眉と、人を威圧する大きな目玉が光っている。

「これは親分……」

銀蔵は声が震えはしなかったかと思った。

忠蔵だけでなく取り巻き連中が向けてくる視線に、銀蔵は怯えそうになった。何となく物々しい雰囲気があったのだ。

「こんな雨のなか、どこへ行っていた?」

「ちょいと買い物です」

「深川まで足を延ばしたのか?」

「仕立ての浴衣《ゆかた》を見に行ったんです」

千代の店のことは口にせず、そんなことをいった。実際、浴衣を注文している仕立物屋があった。

「ご苦労なことだ。金三郎の手伝いをしてくれているらしいな」

忠蔵が足を進めてきた。

「……ええ」

「金三郎は面倒見のいいやつだ。これからも助《すけ》をしてくれ」

「……へえ」

「たまにはおれのところへも顔を見せな。酒でも飲もうじゃねえか」

「お誘いありがとう存じます。親分はどちらへ……」

「ちょいと揉《も》め事があってな。だが、もう片はついた。くそ雨のなか、我ながらご苦労なことだとあきれるぜ。それじゃまたな」

忠蔵は連れの取り巻き連中に向き直ると、行くぞとうながして、そのまま去って行った。

銀蔵はふっと、大きなため息をつかずにはおれなかった。

以前は忠蔵と向かい合っても、ビクつくことはなかった。知るということは怖い。何も知らないときは、それがたとえ無鉄砲なことだとわかっていても、あまり躊躇うようなことはなかった。しかし、いまは違う。無知は恐怖を自覚させないが、物事や世の中のことを知れば知るほど、その怖さにすくむことがある。

霊岸島に入ってようやく騒いでいた胸の高鳴りが静まった。すると、さっき忠蔵にいわれた言葉を訝《いぶか》しく思った。

忠蔵は自分がまだ金三郎の手伝いをしていると思っている。それは、自分と金三郎の仲が険悪になっていることを知らないということだ。やはり、金三郎は政吉から頼まれたことを一家に話していないのだ。そういえばあの話をするとき、金三郎は自分の子分に席を外させている。

博徒一家に身を置く者は、親分に隠し事をしないというのが不文律となっている。それとも、叔父貴の政吉から口止めをされているのか……。

よくわからなかった。ともかく金三郎は半兵衛の命を奪おうとしているし、自分の命をも狙《ねら》っているかもしれない。

雨の降りはやわらいだが、それでもやむ気配はない。

銀蔵は足を急がせて、自分の長屋に戻った。上がり框に腰をおろし、濡れた足を拭《ふ》いていると、戸口に子供が現れた。傘をさしたまま家のなかをのぞくように見て、

「銀蔵さんというおじさんかい？」

と、目をしばたたきながら聞く。

「そうだが……」

「吉松というおじさんから言付けを頼まれて来たんだ」

銀蔵は雑巾《ぞうきん》を放って、何だと聞いた。

「話があるから吉松っていう人の家に来てほしいんだって。それだけさ」

「そうか、ありがとうよ」

「じゃあ、ちゃんと伝えたからね」

銀蔵は立ち去ろうとする子供を呼び止めた。

「雨のなかをご苦労だったな。少ないが取っておきな」

駄賃を渡すと、子供はみそっ歯を見せて嬉しそうに笑った。

銀蔵は子供を見送ってからすぐに長屋を出た。

越前堀に架かる高橋《たかばし》を渡ったとき、雨がぱたりとやんだ。

空を見上げると、雨雲が勢いよく流れている。ぼんやりとだが、鼠《ねずみ》色をした雲の向こうに、太陽の輪郭を見ることができた。

吉松は詰め将棋をして銀蔵を待っていた。声をかけて家のなかに入ると、将棋盤と駒を一方に押しやり、上がってこいという。戸口はそのまま閉めなくていいといった。

「何かありましたか……？」

銀蔵は吉松の前に座っていった。

「半兵衛に会ってきた」

吉松はそういって茶を淹《い》れてくれた。

銀蔵はじっとつぎの言葉を待った。

「あれこれ考えた末に、半兵衛が手を引けばことは丸く収まると思ったのだ。だが、思い通りにはいかなかった」

銀蔵は湯呑みに手をつけて、ぬるい茶を飲んだ。

「半兵衛という男はただ者じゃなかった。おそれいったよ」

そう前置きをした吉松は、半兵衛と話し合ったことをかいつまんで話しだした。

六

吉松が半兵衛を訪ねたのは、その朝のことだった。

出居衆から成り上がった男だと聞いていたので、かなりのくせ者だと思っていたが、半兵衛は物腰も言葉つきも穏やかな年寄りだった。

突然の訪問ではあったが、吉松が簡単な自己紹介をすると、快く招じ入れ、

「恵みの雨もこうひどいと考えものですね。さ、どうぞご遠慮なさらず膝を崩してください。独り暮らしの年寄りは話し相手が少なくて、お客さんが見えるのが楽しみなんでございますよ」

と、柔和な笑みを見せて言葉を足した。

「それで、ご相談とはいったいどんなことでございましょう？」

「長居はご迷惑だと思いますので、率直に申します。じつは半兵衛さんが請け負っておられる仕事のことなのですが、少々面倒事が起きております」

「面倒事とは……？」

半兵衛は薄くなった髷《まげ》を手のひらで押さえて、小首をかしげた。

「半兵衛さんは材木屋の面倒を見ておられますね」

「成り行きでいつの間にかそういうことをするようになりましたが、それが何か？」

「半兵衛さんのことは失礼ながら、あらかた調べさせてもらいました。材木屋の連中が、半兵衛さんを頼りにしていることも知っておりますが、政吉という男をご存じでしょう」

一瞬、半兵衛の顔から笑みが消えた。

「存じておりますが……」

「政吉さんは何軒かの材木屋の後ろ盾になっておりました」

「そのようでしたね」

「ところが、半兵衛さんが現れたお陰で、政吉さんの仕事がうまくいかなくなった」

「もっともそれは、半兵衛さんの仕切りがうまいからでしょうし、材木屋の連中も株仲間が廃止になったいま、いいまとめ役ができたと頼りにもしているようです。それはそれでいっこうにかまわないことだと思いますが、政吉というのは少々厄介な男です。あの人は隠居の身ですが、もとは博徒です。そのことはご存じですか？」

「ふむ……」

「もちろん、存じております。先日お会いしましたが、なかなか頑固な方だと思いました。いや、そういうわたしもかなりの頑固者ではありますが……」

半兵衛はふふふと、自嘲《じちょう》の笑いをこぼして茶に口をつけた。

「博徒の誰もが、依怙地《いこじ》で物わかりが悪いとは申しませんが、博徒の多くは役に立ちもしない妙な自負ってやつを持っております。もっとわかりやすく申せば、博徒だったがゆえに政吉さんは自分の縄張り《シマ》を半兵衛さんに荒らされた、いや乗っ取られたと考えている節があります」

「それは政吉さんの勝手でしょう」

半兵衛はもとの柔和な顔に戻り、ゆったりした所作で煙管に刻みを詰めた。物事に動じない笑みを浮かべている。吉松はこの年寄りはなかなか腹の据わった人間だと感じた。

「博徒は縄張りを何より大事にします。縄張りが荒らされるのは許されることではありませんし、まして乗っ取られたとなると黙ってはおりません。おそらくどの博徒でも仕返しを考えるはずです」

吉松は目を据えて半兵衛を見るが、半兵衛はうまそうに煙管を吹かすだけだ。

「下手をすると、半兵衛さんの命が狙われることになるかもしれません」

「吉松さんとおっしゃいましたが、ご丁寧に忠告にまいられましたか。ひょっとするとあなたは、政吉さんと縁のある方ですか？」

「いいえ、何のつながりもありません。あるとすれば、わたしもしがない渡世人だということでしょうか……」

「なんとなくそうではないかと思っておりました。しかし、政吉さんと関係のないあなたがなぜこんなことを？」

「……命を粗末にしてほしくないからです」

「すると、わたしは政吉さんに命を狙われているとでも……」

「ないとはいえません」

吉松は真剣な眼差《まなざ》しを向けた。

半兵衛は煙管を吹かしてしばし考えに耽るように、雨音に耳をすませ、宙の一点を凝視した。

「吉松さん、親切なご忠告痛み入ります」

半兵衛は吉松に顔を戻して、言葉をつないだ。

「ですが、わたしは政吉さんの縄張りを荒らしたとも、また乗っ取ったとも考えちゃおりません。政吉さんがそう思ってらっしゃっても、それはとんだ見当違い。たしかにわたしは吉野さんをはじめとした材木屋から、なにがしかの礼金を頂戴《ちょうだい》しております。しかし、それは卸問屋や運搬船の船主との仲介や折衝、また材木屋同士で値段の不公平があっては困るので、そのとりまとめなどをする見返りとしての金です。それも仕事に見合った金高でありますし、こちらからいくらくれなどということも申しません。礼金はあくまでも先様の考えで出していただくもので、無理な要求などもいたしておりません」

「いや、そのことは承知しているつもりです。問題は、博徒上がりの政吉さんがいるということです。あの人はきっと顔をつぶされたと思っているでしょう」

「そんなことをしたという覚えはありませんが……」

「半兵衛さんに覚えがなくても、政吉さんはそうは思っちゃいませんよ」

吉松は遮っていった。

煙管の灰を落として、半兵衛は困ったことだとつぶやき、まっすぐな目を吉松に向け、

「それじゃ、わたしはどうすればよいのでしょうねェ……」

まるで他人事《ひとごと》のようにのんびりした口調でいった。

「手を引いてもらえませんか」

吉松は直截《ちょくせつ》にいったが、半兵衛は顔色ひとつ変えなかったばかりか、

「それは無理な相談だ」

と、きっぱりいった。

「わたしゃ耄碌爺《もうろくじじい》だが、自分のやっていることに落ち度はないし、人に後ろ指をさされるような迷惑をかけてもいない。わたしを頼みにしている人がいるのに、逃げるような真似《まね》をすることもできない。たとえ、この身が危ういとしても、できない相談だ」

「それじゃ断られてしまったんですか……」

あらかたの話を聞いた銀蔵は言葉を挟んだ。

「半兵衛さんが手を引いてくれれば、あとは話し合いでどうにかなると思っていたの

だが、そうはいかなかった」

吉松は小さなため息をついた。

「……しかし、このままじゃいずれ半兵衛さんは命を取られることになるのでは……」

「いや、それは何ともいえねえ」

「………」

「半兵衛さんは一筋縄ではいかない男だ。それに肝も太い。おれからの忠告があったことは一切口にしないが、近いうちに政吉とじっくり話をしてわかってもらうといった」

「うまくいくでしょうか……?」

「ひょっとするとうまく話をつけるかもしれない。会ってわかったことだが、あの人は頭が切れるばかりでなく、人を包み込む何かを持っている。妙に人を惹《ひ》きつけるんだ」

「うまく話がつけば何よりです」

「だが、銀蔵。その話がうまくいったとしても、金三郎はおまえを放っておかないはずだ。それに、半兵衛さんが政吉に会う前に、金三郎が動いてしまうということもある」

　吉松は深刻な目を銀蔵に向けた。

「……こうなったからには、こっちが先に動くしかない」

「どうするというんです？」

「今夜、金三郎を攫《さら》う」

　吉松の目が光った。

「攫ってどうします？　まさか……」

「血は流したくない。しかたなきゃ、そうなるかもしれねえが、金三郎を骨抜きにする」

「骨抜き……」

　銀蔵は生つばを呑んだ。

「おまえとおれの二人でやる。いざというときに備えて、匕首《あいくち》を持って行く。おまえもそのつもりでいろ」

「…………」

「日が暮れたらもう一度来てくれるか」

「……わかりました」

銀蔵は吉松の目を見て腹をくくった。

七

雨はやんだが、空にはいまだ厚い雲が立ち込めており、星も月も見えない。漆黒《しっこく》の天蓋《てんがい》は地上に深い闇をもたらしていた。

そのせいで仙台堀もいつになく暗い。町屋の明かりが、かすかにその水面《みなも》で揺れているだけだ。風もなく堀沿いの道にある柳が、まるで亡霊のような影に見えた。

松永橋のそばにある船宿で舟を借りた吉松は、銀蔵の待つ元木橋までやってきた。その橋をくぐれば油堀になる。

時刻は宵五つ（午後八時）過ぎ――。

どこからともなく、三味の音に合わせた新内《しんない》の声が流れてきた。

「乗りな」

舟を近づけた吉松が声をかけてきた。舟提灯の明かりに浮かぶ吉松の顔は、平生《へいぜい》と変わらず落ち着いている。

銀蔵は舟に乗り込んで、舳《へ》先《さき》のほうに腰をおろした。

「ちょいと早いが下見をしておく」

「漕《こ》ぎましょうか？」

「余計な気遣いは無用だ」

吉松はそういって舟を出した。

油堀から富岡八幡北側の十五間川に舟は進んでゆく。銀蔵は夜風を気持ちよく感じた。雨が降ったのでいつもより気温が下がっているのだろう。

「そういえば今日、忠蔵親分にばったり出くわしました」

銀蔵は昼間のことを思い出して口にした。

「何かいっていたか？」

「おかしいと思ったことがあります。金三郎さんとおれの仲がこじれていることを知らない口ぶりだったし、例の半兵衛さんの件も知らないようです。要するに、政吉さんも金三郎さんも、一家には半兵衛さんのことを、何も話していないのではないかと思うんです」

「……そうか」

「どう思います？」

「おまえが金三郎の手伝いをしているのは、忠蔵親分は知っているんだな」

「それは知っています。これからも頼むといわれましたし……」

「ふむ、妙といえば妙だな。だが、ことは殺しだ。滅多なことはいえないはずだ。それがたとえ親分だとしても……すると、忠蔵親分は半兵衛さんのことを知らないってことだな」

「……だと思います」

「銀蔵、おまえにツキがあるかもしれないぜ」

銀蔵は舟を操る吉松を振り返った。

「もし、半兵衛さんのことを、金三郎や政吉が忠蔵親分に話していれば、ちょいと面倒だと思っていたんだ。万が一、金三郎の命をもらうことになれば、忠蔵一家は半兵衛さんを徹底して調べるだろうし、おまえにも疑いの目を向けるかもしれない。だが、半兵衛さんの一件を忠蔵親分が何も知らなければ、無用な心配事が減るってことだ」

銀蔵はゆっくり水をかき分ける舳先に顔を戻した。

なるほどと思った。金三郎にもしものことがあったとしても、半兵衛の身は安泰ということだ。

舟は富岡八幡の裏を進んでいた。境内の木々が堀川にせり出し、夜の闇を一層濃くしていた。舟提灯の明かりだけが、浮かび上がって見える。

銀蔵は腰の脇差しをつかんだ。孫六兼元《まごろくかねもと》。家を出るときに、父親が渡してくれた一振りだった。

舟はやがて三十間川に出て、そのまま南に進む。行き先は深川洲崎《すざき》である。

「金三郎の動きは大方わかっているんだな」

「わかってます。毎日、飽きもせず同じような動きしかしませんので、今ごろどこにいるのかの見当もつきます」

「いいだろう。場合によっちゃ早くケジメをつけることができるかもしれねえ。……連れ歩いているのは二人だったな」

「文吉という男と、三下の彦三《ひこぞう》のはずです。女の家に行くときは、決まって二人を帰しますが……」

「女か……」

つぶやいた吉松は遠くの闇に目を向けていた。

両岸にある町屋の明かりは、思い出したようにところどころにしかない。このあたりは盛り場から離れたところで、夜商いの店が少ないからだ。

舟は平野川に入った。吉松は少し行った平野橋の先で舟を岸につけた。左には材木置き場があり、右側が深川洲崎だ。岡場所のあるところだが、このあたりも寂れた町で、人通りも夜の明かりも少ない。

舟を降りると、洲崎を横切るように海に向かって歩く。松林のなかに細い小道がつづいている。しばらく行ったところで、この辺でいいだろうと、吉松が足を止めた。提灯をかざしてあたりを見まわす。松林のなかだ。潮風が木々の間を蕭々《しょうしょう》と吹き渡っていった。

「ここだったら声を聞かれることもないだろう」

「そうですね……」

応じた銀蔵は木々の隙間《すきま》のずっと向こうに、小さな火明かりを見たが、それもかなり先だ。おそらく三町はあるのではないか。

雨がやんだせいか、潮騒の音に夜蟬の声が短く混じった。

「それじゃ、どうします」

銀蔵は吉松を振り返った。

「あとは金三郎を攫うだけだ」

吉松は来た道を戻りはじめた。銀蔵もあとにつづく。

八

二人はまた舟を使って、平野川から大島川に乗り入れた。今度はそう遠くまでは動かなかった。四町ほど行ったところに蓬莱橋《ほうらいばし》がある。左手は深川の岡場所のひとつ、深川佃町だ。

「ここでいいです」

銀蔵はあたりの町屋を眺めて、吉松を振り返った。

舟が岸につけられる。金三郎の毎晩の集金と見廻《みまわ》りの最後が、佃と洲崎である。集金は毎晩行われるわけではない。一日置き、あるいは二日置きが多い。それでも生真面目なほど見廻りだけは欠かさない。

「今ごろは毎晩行く葉月で引っかけたあとの見廻りをしているはずです。それも長くはありません。ひと廻りしたあと、摩利支天《まりしてん》横町の飲み屋に立ち寄っているか、その近くの船宿で一眠りしているでしょう」

「船宿ってえのは……?」

「この先にある黒船橋のすぐたもとに、市ノ瀬《いちのせ》という小さな船宿があります」

吉松は川の先を見た。

「歩いてもほどないところです」

「その飲み屋と市ノ瀬を探ってみるか……」

銀蔵はうなずいた。

舟から陸に上がると、蓬萊橋を渡り、大島川沿いに西へ歩いた。二人ともいつもと変わらない着流し姿だ。その辺の町の者と同じで目立つような恰好《かっこう》ではない。だが、銀蔵の顔を知っている者が少なからずいる。そのために顔をうつむけ頰被《ほおかむ》りをした。さらに人目につかないようになるべく、道の端の暗がりを選んで歩く。提灯も持たなかった。

少し前を歩く吉松も、人目につかないように気を配っていた。

摩利支天横町の近くで吉松が立ち止まって振り返った。銀蔵は小間物屋の庇《ひさし》の下に身を置いた。両脇の店は閉めてあり、明かりもない。吉松が後戻りして暗がりにいる銀蔵のもとにやってきた。

「片倉《かたくら》屋という小料理屋があります。いるかどうかわかりませんが……」

「おまえはここで待て、見てくる」

吉松が離れていった。その姿が先の角を右に曲がり見えなくなる。しばらくして、箱持ちを従えた流しの芸者がやってきた。暗がりに佇《たたず》む銀蔵に気づいたが、そのまま去って行った。

五つ半（午後九時）を知らせる八幡鐘が、静かに夜のしじまを渡っていった。八幡鐘は富岡八幡にあるので、そう呼ばれるが、時の鐘ではない。

だが、岡場所の連中は女郎の切り代え時間に目星をつけられるので、八幡様に心付けを渡していた。金三郎も八幡鐘を聞いて動いていた。

ほどなくして吉松が戻ってきた。

「いたぞ」

銀蔵は目を光らせた。

「一人ですか？」

「いや、連れがいる。二人だ」

やはり三下と文吉を連れているのだ。連れがいては金三郎を攫えない。

「……どうします？」

「様子を見よう。やつは店を出たらどこへ行く？」

「片倉屋にいるんだったら船宿には行かないでしょう。おそらく見廻りをして帰るか、女の家に立ち寄るかのどちらかです」

「ふむ」

吉松はあたりを見まわして、首筋をぺしっとたたいた。蚊をつぶしたのだ。

「見廻りをして帰るようだと、文吉も三下の彦三も家までついて帰ります。女の家に立ち寄るなら二人を帰すはずです。見廻りと集金は文吉でもできますから……」

「今夜はどっちだ?」

「さあ、それればかりはわかりません。金三郎さんは気紛れですから……」

「待つしかないか……」

二人は裏路地を使って、金三郎のいる片倉屋という小料理屋を見張れる場所に移動した。

そこは長屋の木戸口で、片倉屋の戸口がよく見えた。戸は開けられており、縄暖簾越しだが店のなかの様子が何となくわかった。

「金三郎の女の家はどこだ?」

「この近くです」

「そっちに行ってくれねえかな」

吉松がいうように、銀蔵もそうしてくれないかと思う。だが、こっちの都合に合わせてくれるとはかぎらない。

千鳥足の男たちが前の道を過ぎ、夜鷹《よたか》とおぼしき女が歩き去った。路地から出てきた野良犬が、別の路地に消えていった。

小半刻ほどしたとき、客が出てきた。銀蔵は目を光らせた。

「……動きますよ」

出てきたのは文吉と彦三だった。遅れて金三郎が姿を現した。銀蔵は緊張の面持ちで三人を凝視した。金三郎が何か短くいって文吉と彦三を帰した。

銀蔵は「しめた」と、胸の内でつぶやき、吉松を見た。

「吉松さん、先回りしてください。やつは川沿いの道に出て蓬萊橋のほうへ歩きます。おれは遅れてあとを尾《つ》けます」

「よし」

吉松が路地を後戻りした。その姿はすぐ闇に溶け込んで見えなくなった。

銀蔵は文吉と彦三が去ったのをよくたしかめてから動いた。すでに金三郎は、大島川のほうへ歩きだしている。このあたりは裏通りで、人の往来は少ない。時刻も遅いのでなおさらである。歩いているのは、夜鷹か酔っぱらいだ。

銀蔵は川沿いの道に出た。前を金三郎がのんびりした足取りで歩いている。さほど酔ってはいない。優雅に扇子を使っている。

前から自身番詰めの町役《ちょうやく》がやってきた。夜廻りである。金三郎が短い声をかけた。町役がそれに応《こた》える。銀蔵は道の端により、顔をうつむけた。頬被りをしめる真似をする。

町役はそのまま去って行った。金三郎の提げる提灯の明かりで、かすかに靄《もや》が出ているのがわかった。

しばらく行ったとき、吉松の姿が見えた。そのまま金三郎に向かう形で歩いてくる。ややうつむき加減に顔を見られないようにしている。金三郎に警戒心はないのか、足取りは同じだ。銀蔵は足を速めた。雪駄の音を殺し、周囲に目を配る。

いまだったらやれる。心の臓が高鳴っていた。緊張のせいか、手のひらに汗がにじんだ。金三郎の背中が大きくなった。吉松と金三郎の距離は、もう二間もなかった。

「おや、これは……」

吉松が短く声をかけた。金三郎が相手の顔を窺《うかが》うように提灯を持ち上げた。その瞬間、吉松が素早く動いた。

うっと、短くうめいた直後、金三郎の体が前に折れた。提灯を落としそうになったが、背後から抱きかかえるようにした銀蔵がその提灯をつかむ。

吉松はもう一度、金三郎の鳩尾《みぞおち》に拳をめり込ませ、さらに後頭部に手刀をたたきつけた。

「よし、舟に運ぶ」

吉松が気を失った金三郎の脇に腕を入れた。銀蔵も反対の脇に腕を入れ、二人で酔いつぶれた男を介抱するように歩いた。

九

　銀蔵と吉松は蓬萊橋につけた舟に金三郎を乗せると、そのまま平野川まで行って、平野橋の先に再び舟をつけた。気を失ったままの金三郎を銀蔵が担ぎ、松林のなかに歩いてゆく。吉松は提灯とあらかじめ用意していた荒縄を手にしていた。

「見られませんでしたよね」

　銀蔵は吉松に聞く。

「ああ、大丈夫だ。気づいた者はいない」

　松林のなかに入った。風が吹き抜けている。遠くに見えていた明かりは、見えなくなっていた。

　先を歩いていた吉松が、立ち止まってこのあたりでいいという。銀蔵は担いでいた金三郎を地面に下ろして、荒れた呼吸を整えた。

　提灯を地面に置いた吉松が、金三郎の手足を縛り、その一端を太い松の木にくくりつけた。それから手拭いで猿ぐつわを嚙ませる。これには大声を出させないという他に、舌を嚙み切らせないという意図があった。

「銀蔵、手伝ってくれ。こいつを吊す」

二人して縛りつけた金三郎を逆さ吊りにした。上げる途中で金三郎が気を取り戻して、芋虫のようにもがき、目を剝《む》いた。猿ぐつわされた口からくぐもった声を漏らす。

「久しぶりだな金三郎」

吉松が金三郎の前に立って口を開いた。

「五体満足で帰りたきゃ、おれのいうことを聞くんだ」

金三郎はうめきを漏らし体をもがかせるが、どうすることもできない。

「まず、半兵衛殺しはあきらめることだ。半兵衛さんは政吉さんとじっくり相談をして、話をまとめるそうだ。それからおまえは、茂三郎親分殺しの下手人を知っているらしいな。それを教えてもらいたい。それともうひとつ、吉原から逃げてきた藤巻という女郎も知っているらしいが、そのことも教えるんだ」

口の利けない金三郎は逆さ吊りにされた体をさかんに動かす。その度に松の木がゆさゆさ揺れた。

「暴れたってどうしようもねえさ。素直に話してくれりゃ、下ろしてやる。そのままだと頭に血が上って、お陀仏《だぶつ》だ。話すんだったら二度うなずけ」

金三郎は激しくかぶりを振った。

「……そうかい、強情張れば後悔することになるぜ」

吉松はその辺を歩いて、手ごろな木の棒を手にした。そのまま金三郎のもとに戻り、殴りつけた。脛、太股《ふともも》、背中、腹……。どすっ、どすっ、と鈍い音が松林のなかに広がる。提灯の明かりに金三郎の苦悶の表情が浮かび上がる。

吉松は手加減しなかった。太股をしたたかに打ち、つづいて背中や腹を容赦なく殴りつけた。顔に傷を残さないやり方だ。

そばで見ている銀蔵は、何度も顔をしかめた。吉松の持った棒切れがついに折れてしまった。吉松も息が荒くなっており、肩を激しく上下させていた。

金三郎はぐったりなっていた。

「こんなことはしたくねえんだ。……どうだ、話す気になったか？」

金三郎はくぐもった声を漏らしただけだった。

「金三郎、おとなしくしゃべれば枕《まくら》を高くして眠れるんだぜ。しゃべったところで、おまえが損をすることは何もないはずだ。そうじゃないか……え……」

吉松は金三郎の頬をぺたぺたたたいた。

「銀蔵、提灯を……」

いわれた銀蔵は、提灯を掲げて金三郎の顔を照らした。恨みがましい目が向けられる。猿ぐつわの隙間から涎《よだれ》がこぼれていた。それを見た吉松が、下ろしてやろうかという。

銀蔵はそうしてやった。金三郎は地面に体を横たえたが、容易に動けそうにない。

「こんなところでくたばってもしょうがねえだろう、金三郎……」

吉松は金三郎の顎《あご》を持ち上げた。両手両足を縛られ、猿ぐつわを噛まされている金三郎はうつろな目をしていた。

「話す気になったかい？」

吉松は金三郎の返事を待つ。

「その気になったらうなずくんだ」

金三郎は首を横に動かした。吉松はしかたねえなァ、と吐き捨て、また立ち上がる。それから手ごろな石を二つつかんだ。人の拳より少し大きなものだ。おもむろに、金三郎の足のほうにしゃがみ込んで、縛ってある足をつかんだ。ぎょっとした目で、金三郎が足を動かしたが、吉松は放さない。

足の指を石に添え、そのまま一方の石でたたいた。悲鳴がうめきとなって、金三郎の猿ぐつわから漏れた。顔が痛みにゆがむ。右足の親指がつぶされていた。

「おまえもそそっかしいやつだ。大八車に踏まれるなんて……」

吉松は無表情でいう。

「どうだ。金三郎、痛いだろう。もっと痛い目にあいたきゃ、いくらでもやってやる」

そういって金三郎の顔をのぞき見る。

「……まだ強情を張るか。しかたねえな」

吉松は今度は金三郎の手をつかんだ。そのままさっきの要領で石を使った。右手中指の爪《つめ》がつぶれた。金三郎はその痛みに脂汗を額に浮かべ、目に涙をにじませた。

銀蔵は小さなため息をついて、目をそむけた。

「戸に挟まれちまったかい？」

金三郎は痛みが激しいのか、体をぶるぶる痙攣《けいれん》させた。

「どうだ、いう気になったか？」

金三郎は返事をしない。吉松はもう一本つぶすかと、まるで虫でも殺すようにつぶやいて、金三郎の腕をつかんだ。金三郎が失禁した。恐怖に負けた顔で強くうなずいた。

「吉松さん」

銀蔵は吉松の肩に手をかけた。

「もういいでしょう。うなずいていています」

「そうか……」

吉松はじっと金三郎を眺めた。

提灯の明かりに照らされた金三郎は、半分泣き顔だった。痛みに耐えきれないのか、目に涙をにじませている。

「しゃべる気になったか？」

金三郎はようやくうなずいた。

「手間かけさせやがって……なんだ、泣いてるのか？　小便も漏らしやがって……」

吉松はそういって猿ぐつわを外してやった。

「て、てめえら、ぶっ殺してやる」

「ほう、威勢がいいな。それじゃもう一本つぶしてやるか、それとももう生きていたくねえか」

吉松は匕首を取りだして、その刃を首筋にあてがった。金三郎の顔から血の気が引いていくのがわかった。

「指をつぶすのはあきた。今度は一本一本切り落としてやるか」

「や、やめろ。やめてくれ……」

「それじゃ、しゃべるんだ」

「も、茂三郎を殺したのは、同じ一家にいた徳七《とくしち》って野郎だ」

「なんだと！」

吉松は目を瞠《みは》った。

「そりゃ本当か？」

「う、嘘じゃねえ。いまは六阿弥陀《ろくあみだ》の平十郎《へいじゅうろう》一家にいる。縄張りもいまは平十郎一家が仕切っている」

これを聞いた銀蔵も驚いた。六阿弥陀の平十郎一家には知っている者がいる。江戸に出てきて初めて知り合った政次郎《まさじろう》という男だ。

「野郎、出鱈目《でたらめ》いってるんじゃねえだろうな」

吉松は声を荒らげて、金三郎の胸ぐらをつかんだ。

「ほ、本当だ。嘘じゃねえ」

吉松は金三郎の胸ぐらをつかんだまま、銀蔵を見た。それからすぐに顔をもとに戻した。

「よし、いいだろう。それじゃ藤巻はどこの店にいる？」

「……三十三間堂に〝かづさや〟って店がある。銀蔵も知ってる店だ。伏せ玉じゃなく、呼び出しになっている」

「知ってるか?」

吉松が銀蔵を見た。

「店は知ってます」

伏せ玉というのは女郎屋で抱えられている女郎のことだ。呼び出しというのは、女郎屋に通ってきて客を取る女である。

「金三郎、ここで男の約束をしてくれねえか?」

吉松に声をかけられる金三郎はすっかり怯えた目をしていた。銀蔵はこんな顔をする金三郎を初めて見た。言葉つきまで変わっていた。

「な、何です? もう勘弁してもらいてえ。許してくれ」

震える声は半分泣き声でもあった。

「半兵衛のことはあきらめることだ。それから今夜のことは何もかも忘れるんだ。もし、おめえが妙な真似をするようなことがあったら、おまえの恥をほうぼうに流す。ヤキを入れたら、小便漏らして泣きを入れたとな。いっぱしの博徒を気取っていた男が、そんな噂を立てられたらたまったもんじゃねえ。そうじゃねえか」

「………」

「どうだ、約束してくれねえか。そうでなきゃ、ここで死んでもらうしかない」

吉松はもう一度匕首を金三郎の首にあてがった。

とたんに金三郎の顔が恐怖におののいた。

「わ、わかった。約束します」

「おい、男の約束だぜ。殺されなかったことを恩に着るんだ。わかったか？」

「は、……はい。わ、わかりました」

吉松はじっと金三郎をにらんだあと、腕をつかんだ。

「ひっ、やめてくれ！」

金三郎が悲鳴を上げた。

「あわてるんじゃねえよ。手の縛《いまし》めをほどいてやるだけだ」

吉松は金三郎の手を縛っていた縄を切った。

「あとは自分でやれ。その前に、おれたちに土下座して許しを請うんだ。やれ……やらなきゃ、もう一度ヤキだ」

吉松の冷たく響く声で、金三郎はのろのろと両膝をついた。それから屈辱と恐怖と痛みに耐えかねる顔をゆがめ、両手をついて頭を下げた。

「許してくださいは、どうした？」

金三郎は肩を動かして、しばらく荒い息をしていたが、

「くっ、許してください」

そういって、肩を震わせて泣きはじめた。

金三郎のことをよく知っている銀蔵は、信じられない思いだった。肩で風を切って歩いていた男が、泣いて許しを請うたのだ。博徒だ渡世人だといっても、所詮《しょせん》は一人の人間でしかないのだ。

「行こう」

吉松の声で、銀蔵はあとに従った。

しばらく何も声を発することができなかった。

「吉松さん、すいませんでした」

舟に乗り込んでから銀蔵は吉松に礼をいった。

「あれだけやっておきゃ、やつも立ち上がれないだろう。しっかりつかまってな」

そういって吉松は舟を出した。

いつしか風が出てきて、銀蔵の乱れた鬢《びん》の毛を揺らした。静かに爪弾《つまび》かれる琵琶《びわ》の音がどこからともなく聞こえてきた。

舟は一段と濃さを増した深川の堀川を静かに進んで行った。

●銀蔵の昔語り――

正直なところ、おれは金三郎の仕返しを恐れた。だが、何も起きなかった。忠蔵一家の者が金三郎を捜しているのを知ったのは、それから数日後のことだった。おれのところにも聞きに来たのだ。当然白《しら》を切ったし、実際行方も知らなかったからな。

あの夜以来、金三郎は深川から姿を消した。以来、二度とあの男に会うことはなかった。手足の指をつぶされたのはともかく、やつは吉松さんの拷問に恐怖し、小便を漏らし、挙げ句おれたちに泣いて土下座したのだ。

あんな女々しい金三郎を見たのは初めてだったが、もともと空威張《からいば》りしかできない度胸のない男だったのかもしれない。渡世人とは名ばかりで、そんな男は結構いるものだ。

ともかく、泣いて土下座すりゃ博徒の矜持《きょうじ》も何もない。消息はそれきりわからなくなった。お千代さんもそれに気づいていたんじゃないか。え、なに、すっかり忘れていた？

まあ、博徒を気取ったやくざなんて、世間の人間にとってみりゃそんなもんだろうな。

それから半兵衛さんのことだが、あの人は人間の格が一枚違ったようだ。政吉さんと膝詰《ひざづ》めで話し合った末に、政吉さんを納得させてしまった。政吉さんは隠居とはいえ、筋金入りの元博徒だ。それを話し合いで丸く収めちまった。おそれいったよ。そうはいっても政吉さんもただで引き下がったわけじゃないだろうが、その辺の詳しいことはもうどうでもいいことだ。

それよりも、もっと大変なことがあった。吉松さんが世話になっていた一家の親分を殺した下手人のことがわかったのだ。それを知って吉松さんが動かないわけがない。おれはそのことがずっと気がかりだったが、その前にやることがあった。

……そうさ、藤巻のことだ。清吉も勘がいいじゃねえか。そんな顔するな。茶化してるんじゃねえから。

ともかく、おれは藤巻に会わなければならなかった。

なに、早くつづきをやれって？　まったくお千代さんも清吉もいい気なものだ。茶を飲んで草餅《くさもち》食ってりゃいいんだからな。こちとら昔のことを思い出すのにヒイコラいってるんだぜ。まあ、わかった。茶々を入れずに黙って聞いてくれ。

それじゃ藤巻に会う下りからだ。

第四章　おのぶ

一

三十間川に架かる汐見橋《しおみばし》の上で、銀蔵は待っていた。もうこれで三日目だった。

藤巻は、名をおのぶと変えていた。それがもともとの名なのか、そうでないのかは定かでない。住まいを割り出せればよかったのだが、女郎屋「かづさや」の女将《おかみ》に伝えている長屋には、おのぶらしい女はいなかった。

つまり、別の場所から「かづさや」に通っているということなのだ。女郎屋も子供（女郎）がどこに住んでいようが、あまりこだわらない。

ようは客を取って稼いでくれればいいだけのことだ。それに通いの呼び出し女郎には気紛れな女が多く、毎日通ってくるとはかぎらないということだった。

汐見橋の下を流れる川面《かわも》は、藍色の空に浮かぶ雲を映し、翳《かげ》りはじめた夕日は、町屋に濃い陰を作っていた。

銀蔵は通りを歩く女たちに目をやったが、おのぶらしき女を見つけることはできなかった。顔の造作や容姿は、「かづさや」の女将から事細かに聞いていたので、見間違えはしないはずだった。

鴉《からす》が鳴きながら八幡様のほうへ飛んでいった。今日もおのぶは来ないのか、それとももうやめてしまったのか……。

銀蔵は稼がなければならなかった。手許《てもと》にはほとんど金がない。藤巻ことおのぶを五郎七のところへ連れてゆけば、二十両の稼ぎになる。二、三日無駄にしたからといって腐ることはなかった。

日はようようと暮れ、六つ半（午後七時）の鐘が空を渡っていった。銀蔵は軒行灯《のきあんどん》に火を入れた「かづさや」に目を向けた。

橋の上から三十三間堂町に店を構える「かづさや」を見ることができた。一見、その辺の小料理屋と変わらない作りだ。土地の者でなければ、そこが女郎屋だとは気づかないだろう。戸口脇に置かれた鉢植えが暗い陰に呑《の》み込まれている。

今日も来ないか……。

銀蔵が半ばあきらめかけたとき、北のほうから歩いてくる女がいた。その辺の女と変わらない島田の髷《まげ》に、地味な着物姿だ。町屋の女とさして変わらない。だが、女の足がまっすぐ「かづさや」に向いているのがわかった。

銀蔵は足早に橋を離れた。女との距離が詰まる。背丈も顔の作りも、銀蔵が耳にしたおのぶのようだった。

「おのぶさんかい……」

そばに行って声をかけると、女の足が止まった。そばにある居酒屋の提灯《ちょうちん》の明かりが、女の片頬《ほお》にあたっていた。切れ長の目を少し見開き、首をかしげて、銀蔵にまっすぐな視線を送ってきた。

「どちらの方でしょう？」

「木更津の銀蔵という。あんたに話がある」

「……話って？」

「立ち話もなんだ。ちょっと付き合ってくれ。悪い話じゃない」

銀蔵は通りを眺めてからいった。おのぶは躊躇《ためら》いを見せたが、黙ってついてきた。おのぶが来た道を戻る恰好《かっこう》で、深川宮川町までゆき、小さな居酒屋に入り、小上がりの奥で向かい合った。

「あんた、吉原にいた藤巻だね」

「どうしてそんなことを？　まさか夕凪楼の使い……」

おのぶは顔をこわばらせた。

「そうじゃない。あんたの贔屓《ひいき》客から頼まれてのことだ……」

銀蔵は店の女に酒と適当な肴《さかな》を注文した。

酒が届くまで、短い間があった。おのぶはすっかり町の女になっている様子だ。銀蔵は彼女が売れっ子花魁《おいらん》だったころを知っているわけではないが、その面影はすっかり失《う》せているように思えた。それに、言葉つきも町の女のそれだ。意識して戻したのか、それとも自然にそうなったのかはわからない。ただ、気になるのは顔色が冴《さ》えないことだ。目の下には、化粧で誤魔化しきれない隈《くま》が出来ていた。

「いったい誰に何を頼まれたというんです？」

酒が届くと、おのぶが酌をしてくれた。

「身請《みう》けをしたいという人がいる。五郎七さんとおっしゃる方だ。あんた目当てに、ずいぶん吉原通いをしたと聞いてる」

おのぶは表情ひとつ変えなかった。黙って盃に口をつけた。

「……あんたが身請け話を受けようが受けまいが、それは勝手だ。だが、いっしょについてきてくれないか」

おのぶの顔が上がった。

「五郎七さんの話を聞くだけでいい。おれはあんたを捜してくれと頼まれているだけだ。あとのことは二人で決めればいい」

「……勝手な話……」

ふっと、ため息をついたおのぶは、格子窓の外に目を向けた。いつでもそうだ、とつぶやく。

「五郎七さんに会ってくれるだけでいいんだ」

「あの鉄砲洲の親分さんか……」

おのぶは独り言のようにいって、顔を戻した。

「断ったらどうするのさ。……あんたが困るのかい？」

銀蔵は黙って酒を舐《な》めた。断られたら……困ることになる。

「それはあんたの気持ち次第だ。おれは無理強いするつもりはない」

「博徒の親分に頼まれ、その女を捜し当てたのに、断られましたといえるってわけだ」

「おれは五郎七一家の者ではない」

「だから……義理立てはいらないっていうの？」

おのぶは痛いところをついてくる。

「あんたがいやなら、正直にいうしかないだろう。別におれは困りゃしない」

「嘘だね」

おのぶは、くすっと笑った。人の心を見透かしたような目もする。有象無象《うぞうむぞう》の男を相手にしてきた花魁を、甘く見てはいけないようだ。

「……それじゃ正直にいう。あんたの首には二十両がかかっている。おれがあんたを親分のもとへ連れて行けば、金になるというわけだ。だが、夕凪楼はあんたが足抜けをしたと騒いでいるらしい。もし、見つかればただではすまないはずだ。……五郎七親分は、そうならないようにきっちり話をつけて、あんたの面倒を見たいといってる」

「奇特な親分だこと。それに、あんたって人は……」

おのぶは酒を飲んだからそうなのかどうかわからないが、熱っぽい目で銀蔵を見つめた。

「あんたは欲のない人だね。それに悪い人じゃないようだ。その辺のケチな男だったら、いい加減なことをいってわたしを親分のところへ連れて行くだろうね。ひょっとすると力ずくでそうするかもしれない」

「………」

「だけど、あんたはまっすぐなことをいう」

おのぶは、うふっ、と楽しそうな笑いを漏らした。

「今夜はやっぱり気が乗らないから、仕事は休むことにするわ。その代わり、もう少し酒の相手をしておくれましな」

おのぶは少しだけ言葉つきを変えて、熱い眼差《まなざ》しを送ってきた。なるほど、これが売れっ子花魁の片鱗《へんりん》なのだと銀蔵は思わずにはいられなかった。

「いいだろう」

二

気づいたときには二人で半升の酒を飲んでいた。

薄化粧のおのぶの頬が、ほんのり薄桃色になっていた。銀蔵は酔いかけていたが、一心に自制心を働かせていた。とくに何を話したというわけではない。どちらからともなく、短い問いかけをして、互いに答えるという按配《あんばい》であった。

銀蔵はわけあって木更津から江戸に移り住み、頼まれ仕事を請け負って食いつないでいるといった程度で、具体的なことは話していなかった。おのぶも八王子の茶屋の娘で、十一歳で吉原に売られ、どうにか花魁に出世したということだった。

「銀蔵さんは、国に帰るつもりはないの？」

「それは考えにない」

わずかな迷いはあったが、きっぱりといった。

「それじゃ、よっぽどのことがあって江戸に出てきたってわけだ。長男だったら跡取りなんだからね」

「人にはいろいろある」

「そりゃそうだ。わたしだって、いろいろさ。花魁と一口でいっても、あれは廓《くるわ》のなかでのこと。別段儲《もう》かるわけじゃなし、借金が減るわけじゃなし……地獄とはよくいったもんだよ。それでさっきの話なんだけどね」

銀蔵はおのぶを見た。

「……考えてもいいよ。だけど、すぐってわけじゃない。明日返事をするってことでいいかい？」

「……いいだろう」

「それじゃ、明日の夕方、この店で会うってことで……」

「わかった」

勘定をして表に出ると、空一面に星が散らばっていた。爽《さわ》やかな風が流れており、酔った肌に心地よかった。

店の前で別れるはずだったが、少し歩いただけで、おのぶがきびすを返した。

「銀蔵さん、送っておくれよ」

「……いいとも」

肩を並べて歩いたが、二人とも口数は少なかった。おのぶは何かを考えているようだったし、銀蔵はその邪魔をしないように様子を見ていた。

仙台堀に架かる亀久橋《かめひさばし》を渡り、堀沿いに三町ほど北へ行くと、深川山本町がある。浄心寺という大きな寺の東側に位置する町屋だ。

おのぶの住まいはその町にあった。

「わたしの家はこの路地の先にあるわ。明日さっきの店で会おうといったけど、何だか気が変わってしまった。明日、わたしのうちを訪ねてきておくれましな」

「いいのか……」

「お昼ごろ来てくれるといいわ。さっきのことはそのときに返事するから」

「……わかった」

路地奥に消えていくおのぶを見送った銀蔵は、吐息をひとつ夜気に流して、家路についた。気になっていることがいくつかあった。

ひとつは金三郎の行方である。数日前、やってきた金三郎の子分に、行方を知らないかと聞かれた。もちろん知らないと答えたが、まったく消息不明になっているらしい。やはり金三郎は深川を離れたのだろうと思っていたが、銀蔵の心には、仕返しを考えているかもしれないという警戒心もあった。

もうひとつは、盆山の吉松のことだった。吉松は敵《かたき》を討つと目の色を変えている。実の親より強い絆《きずな》で結ばれていた親分を殺した相手を放《ほう》っておけないというのは、銀蔵にもわかるのではあるが、返り討ちにあいはしないかと、そのことが気がかりだった。

さらにその敵は、銀蔵の知っている一家に身を置いているという。うまくいけばよいが、それは保証のかぎりではない。

吉松の身を案じ、手伝えることがあれば何でもやるといったが、

「おまえの出る幕じゃない。この始末はおれと栄次でやる。横から口を出すな」

と、吉松に強く拒まれた。

だからといって放っておけることではなかった。

ここ数日、吉松とも栄次とも連絡が取れないままだ。すでに手遅れになっているかもしれないという不安もぬぐいきれない。

もうひとつ気になっているのが、千代のことだった。清吉から聞いたことだが、最近忠蔵一家の誰かわからないが、千代にいい寄っている男がいるというのだ。もちろん、千代のことだから相手にしていないだろうが、下手な対応をしたばかりに、痛い目にあわないともかぎらない。

しかし、いま自分が出ていけば、千代と関《かか》わっていることが忠蔵一家に知られてしまう。これまでそのことには気を使ってきただけに、慎重になっていた。

おまけに忠蔵一家の連中が金三郎を捜すために、あちこちを歩きまわっている。下手に店に近づくのは躊躇われた。

翌朝、吉松の家を訪ねたが、やはり留守だった。木戸番に聞いても、ここ三日ほど姿を見ないし、昨日も帰っていないという。銀蔵はいやな胸騒ぎを覚えたが、どうすることもできなかった。

おのぶの長屋を訪ねたのは、その日の昼前だった。

戸口が開けられており、家のなかをのぞくことができた。家は土間を入ってすぐが四畳半の居間で、その奥に三畳の寝間があるという作りで、日当たりも風通しもよい家だった。戸口前に立った銀蔵は、しばらく声をかけることができなかった。

おのぶが一人の男に、甲斐甲斐《かいがい》しく飯を食べさせていたのだ。その様子を見ただけで、二人がただならぬ間柄であることがわかった。しかし、男のほうは体の具合が悪いのか、青白い顔でどことなく元気がない。食欲もあまりなさそうだ。

おのぶは箱膳《はこぜん》の前で茶を淹《い》れ、汁椀《しるわん》を下げ、男の口許についた汁を手拭《てぬぐ》いで拭《ふ》き取ったりもした。

銀蔵に先に気づいたのは男のほうだった。口に運んだ箸《はし》を途中で止め、うつろな目を銀蔵に向けてきた。軽く辞儀をすると、おのぶが気づいた。

「来てくれたんだね」

「約束したからな」

「あんた、昨夜話した人だよ。銀蔵さん、かまわないから入っておくれな」

銀蔵は遠慮がちに三和土《たたき》に入った。男は茶に口をつけると、

「わたしは休みますので、ゆっくりしていってください」

そういって、奥の間に消えて襖《ふすま》を閉めた。

「上がってくださいな。遠慮いりませんから……」

勧められるまま銀蔵は居間に上がった。すぐに茶が差し出された。

隣の間を気にすると、

「わたしのマブですよ」

おのぶはさっぱりした顔でいってつづける。

「廓が焼けたのをいいことに、いっしょになったんだけど、間が悪いことに体をこわしちゃってねえ。医者は養生していれば治るといってくれているんだけれど……」

「どこが悪いんだい？」

「肝の臓と胃が弱っているだけらしいけど、なかなか元気が戻らなくて……」

おのぶの目の隈は、看病疲れによるものかもしれない。

「あの人は、浅草の干鰯《ほしか》問屋の跡継ぎだったんだけど、わたしと駆け落ちするように店を飛び出しちまって……」

おのぶは自嘲《じちよう》の笑みを浮かべる。

「生きるための算盤《そろばん》違いは、わたしにはずっとついてまわるのかもしれない。それでもあの人を捨てることはできない。最初は見初められて難渋したけど、いまではわたしが見初め返しちまって、それも算盤違い……」

昨夜と違って、おのぶは饒舌《じようぜつ》だった。

「吉之助《きちのすけ》さんは、本当なら実家の店を継ぐ若旦那だったのですけれど、わたしに入れ込んだばかりにこんなところへ流れての長屋暮らし。これも算盤違い」

男の名は吉之助というらしい。

「余計なことしゃべるんじゃないよ」

襖越しに声をかけてきた吉之助は、短い咳《せき》をした。おのぶは悪戯《いたずら》好きの少女のように、ひょいと肩をすくめた。

「それで昨夜の話ですけれど、五郎七親分に会いましょう」

「しかし、それじゃ……」

銀蔵は部屋を隔てる襖を見た。

「吉之助さんには何も隠し事はできない。すべて昨夜のことは話してあります」

「………」

「そんな驚いた顔をしなくてもいいでしょう。銀蔵さんは、昨夜断ってもいいとおっしゃったじゃありませんか」

「断るために会いに行くと……」

「それじゃ具合が悪いかしら?」

「いや、そんなことはないと思うが……」

「あらあら、昨夜は強気なことをいったくせに、いざとなると臆してしまいますか」

銀蔵はおのぶを見つめた。

「……わかった。会えば五郎七親分も気がすむだろう。話をするのはおのぶさんと親分だ。おれがとやかくいうことではない」

「そこでひとつ相談があります」

「……なんだ？」

「銀蔵さんはわたしを五郎七親分のところへ連れてゆけば、二十両もらえるのでしたね」

「そういう話になっている」

「だったら折半にしてくれないかしら。背に腹は替えられない暮らしなんですよ。いずれ、吉之助さんの具合がよくなったら、ここを払って江戸を出るつもりでいるんですけど、それには費《つい》えが足りないのですよ。……どうかしら？　折半がいやだったら、わたしは行くのをやめます」

おのぶは口許に楽しそうな笑みを浮かべていう。

「連れて行かなければ、銀蔵さんには一文も入ってこない。でも、連れて行けば十両は入る。損はないと思いますけれど……」

生まれつきのしたたかさか、それとも吉原での経験でものをいっているのかわからないが、銀蔵は一本取られた思いだった。

「……いいだろう」

返事をすると、おのぶは朝顔が開くような艶《あで》やかな笑みを浮かべた。

「それじゃ、ちょいと着替えをして化粧を整えましょう」

三

銀蔵は小半刻（三十分）ほど待たされたが、襖を開けて出てきたおのぶに目を瞠《みは》った。

髷は最前と変わらないが、きれいに櫛《くし》を入れ、きらびやかな紅《べに》簪《かんざし》と瑪瑙《めのう》色の笄《こうがい》を挿し、これがさっきまでの女かというほど、見違えるような化粧をしていた。白粉《おしろい》を塗り直し、紅を引き、眉《まゆ》に墨を入れただけだろうが、銀蔵はこれほど化粧映えのする女を見たことがなかった。水色地に菖蒲《あやめ》を裾《すそ》に散らした小袖《こそで》、紫の帯。花魁時代はもっと派手な衣装であっただろうが、それでも十分すぎるあでやかさがあった。

「これがいまのわたしの一張羅であります」

おのぶは楽しげにいって、小さく膝《ひざ》を折り、

「それじゃ、吉之助さん、行ってまいりますから」

と、隣の間に声をかけ、白足袋《しろたび》を草履に通した。

二人揃《そろ》って長屋を出るとき、好奇の目が集中した。舟を漕《こ》いでいた木戸番も、目を

ぱちくりさせて二人を見送った。

「舟を仕立てたがいいか……」

銀蔵はおのぶの装いと、鉄砲洲までの距離を考えていったのだが、

「そんな贅沢《ぜいたく》をいえる身分ではありません。かまいませんから歩きましょう。それに急ぐ旅でもなし、のんびり行けばよいではありませんか」

と、おのぶは余裕の顔だ。

鉄砲洲に着いたのは、昼八つ（午後二時）をまわったころだった。

五郎七の家に行く前に、浜にまわって五郎七のことを聞いた。浜の漁師は半刻（一時間）ほどしたら戻ってくるだろうという。浜を仕切る五郎七は、漁師らと漁に出ることがままある。

「親分が帰ってくるまで待つことにしよう」

銀蔵は十軒町の千鳥を思い浮かべたが、おしずのことを考えて近くにある茶店に足を向けた。

「……親分は断られて機嫌を悪くするかもしれないが、そのことは承知しておいたほうがいい」

銀蔵は小女《こおんな》が持ってきた茶に口をつけてからいった。

「相手の機嫌を気にしていたら、こんなところまで来やしませんよ。それより銀蔵さん」

「………」

「親分の家を出るのはどっちが先かわからないけど、どこかで待ち合わせしましょうよ」

「待ち合わせ……」

「だって、折半という約束をしたではありませんか。金を取り損ねてのこのこ帰りたくありませんから……」

おのぶはちゃっかりしたことをいって、うまそうに茶を飲む。

「それじゃ、稲荷橋《いなりばし》を渡ったところに、気の利いた茶店がある。そこでいいだろう」

「なんという店です？」

「吉野屋という」

半刻ほど時間をつぶしてから、本湊町にある五郎七の家を訪ねた。

銀蔵を見た下っ端の若い衆が、愛想笑いをして迎えてくれたが、後ろについている

おのぶを見て、驚いた顔をした。銀蔵はそれにはかまわずに五郎七のことを訊《たず》ねた。

「親分は帰っているかい？」

「さっき帰ってきたばかりですよ」

「大事な客を連れてきた。親分が捜していた人だ。そう伝えてくれ」

若い衆は土間奥に行き、一度銀蔵とおのぶを振り返ってから座敷に上がっていったが、すぐに戻ってきて、奥の間で五郎七が待っていると告げた。

銀蔵はおのぶを連れて奥の間に入った。

楽な浴衣《ゆかた》に着替えてくつろいでいた五郎七は、おのぶを見るなり、

「おまえさんは……」

と、ぽかんと口を開け、煙管《キセル》の煙をだらしなく漏らした。

「五郎七の旦那、ご無沙汰《ぶさた》をしております。お元気そうで何よりです」

おのぶは敷居の前できちんと両手をついて挨拶《あいさつ》した。

「……藤巻」

「それは廓《くるわ》のなかの名、いまはただの町の女でございます。廓言葉も何もかも忘れましてございます」

「ほんとに、藤巻なんだな」

「以前はそうでございました。夕凪楼におりました花魁でございます」

「やはり、そうか……いや、もう少しそばでおまえさんの顔を……」

五郎七は膝をすって、おのぶのそばに行ってまじまじと顔を見ると、満面に喜びの色をたたえ、おのぶの手を取ってゆすった。

五郎七は小柄で六十の坂に届こうという男だが、頻繁に海に出ているので、顔も剝《む》き出しの手足も赤銅《しゃくどう》色に焼けており、いたって健康に見える。

「さ、こんなところにいないで、こっちへこっちへ……」

五郎七はおのぶの手を取って、座敷のなかにいざなった。それから銀蔵に顔を振り向けて、よくぞ捜してくれたと感謝の言葉を述べた。

銀蔵は黙ってうなずくしかない。これから五郎七の申し出は断られるのだ。

「それで、藤巻……」

「おのぶで結構でございます」

「そうか、それじゃおのぶと呼ばせてもらうが、銀蔵から話は聞いておるのだな」

「はい」

「それでどうなのだ。わしはおまえを囲ってもよいと思っている。傾城屋《けいせいや》の野郎どもはおまえが足抜けをしたと、目の色を変えているようだが、なあに心配することはねえ、おれがきっちり話をつけてやる」

「五郎七の旦那、せっかく嬉《うれ》しい話をいただき申しわけないのですが、今度ばかりは首を縦に振ることはできません」

「なんだと……」

喜色満面の顔をしていた五郎七は、打ち寄せてきた波が引いていくように笑みを消した。

「わたしにはマブがおります。いまもいっしょに住んでおります。わたしはあの火事が起きたとき、ようやく廓から抜けて自由になれるのだと思いました。そして、本当に廓から離れました。十一で吉原に売られ、一度も外に出たことのなかった籠《かご》の鳥が、ようやく自分の生きる新しい道を見つけたんでございます」

五郎七はいかめしい顔で、おのぶをにらむように眺めていた。

「旦那の気持ちはそりゃ嬉しゅうございますが、いま申したとおり、わたしには受けられる話ではありません」

「……そうか」

「旦那、気を悪くしないでおくれまし。銀蔵さんから話を聞いたとき、本当ならその場でお断りして会わなかったことにしてくれということもできました。しかし、旦那から受けた数々の恩を思えば、怒鳴られてもいいから一目ご挨拶をするのが筋ではないかと思い、こうやって足を運んできた次第でございます」

「……マブはどこのどいつだ？」

五郎七は顔に怒気を含んでいた。小柄だが、それは博徒一家の親分であるから、その目つきたるや尋常でないものがある。だが、おのぶは平然としている。

「……浅草花川戸町に武蔵屋《むさしや》という干鰯問屋がございます。その店の跡取りでした」

「跡取り、でした……？」

五郎七は語尾を上げて眉を動かし、不機嫌そうに煙管に火をつけた。

「わたしのような地獄宿の女といっしょになるのを許してもらえず、勘当になってしまったんです」

「ふん……」

五郎七は煙管を吹かしたが、その顔はまずそうだった。

「それでもわたしは、添い遂げようと心を決めているんでございます」

「…………」

「一度は地獄で花を咲かせた女、腹は据えております。これから先がたとえ茨《いばら》の道であろうと、今度は廓ではない無情転変の浮世で、小さな花を咲かせたいと考えているんでございます」

「もういい」

五郎七は煙管の雁首《がんくび》を灰吹きにたたきつけた。

「要するにおまえは、干鰯問屋の木偶《でく》の坊といっしょになるってわけだ」

「そう決めております」

「廓の連中は目の色を変えておまえを捜している。見つかったらどうする？　勘当された男に金はなかろう。金で始末がつけられなきゃ、おまえはもう一度、地獄宿に後戻りだ」

「それは覚悟のうえ。だけど、五郎七の旦那は押しも押されもせぬ鉄砲洲の親分。よもや、わたしのことを告げ口したりはしないでしょうね」

「あほぬかせ」

「やはり旦那は男でございます。挨拶に伺ったのは間違いではありませんでした」

五郎七は苦虫を噛《か》みつぶしたような顔だ。銀蔵は席を立つきっかけを失って、部屋の隅でじっとしているしかなかった。

「それで旦那、わたしのことをわかってくださいますね」

「わかるもへったくれもねえじゃねえか」

「そこで面の皮を厚くしてのお願いでございます」

「なんだ。さっさといいやがれ」

「わたしは近いうちに江戸を離れます」

「マブといっしょにか……」

「はい。これきり旦那に会えるかどうかわかりません。これが今生《こんじょう》の別れになるやもしれません。お願いは大変厚かましい甘え事です」

「前置きはいい、直截《ちょくせつ》にいいやがれ」

「旦那とは何度もきぬぎぬを惜しんだ仲、別れの餞別《せんべつ》を戴《いただ》きとうございます」

あまりにもからっとしたその物いいに、銀蔵はあっけにとられた。いわれた五郎七は、一瞬能面顔になって、おのぶから目を離さなかった。

座敷に沈黙が訪れた。

聞こえるのは、空で鳴く鳶《とんび》の声ぐらいだった。

五郎七は地蔵のように固まっていたが、喉《のど》の奥からくすくすと笑いを漏らした。それから膝をたたいて、大きな声で笑った。銀蔵はこれにも驚いた。

「おめえは面白い女だ。いや、愉快だ。やはりおれが可愛《かわい》がった女郎だけはある。よし、わかった藤巻じゃなかった、おのぶ。餞別をくれてやる。おめえさんの気持ちいいほどの厚かましさに免じての縁切り金だ」

五郎七は立ち上がると、床の間の手文庫を引き開け、ひとつかみの金を持って戻り、おのぶの前に放った。山吹色をした小判が、じゃらじゃらと畳の上に散らばった。都合三十両もあるだろうか……。

おのぶは丹念に拾って、懐のなかにしまった。

「おのぶ、見送りはしねえ。とっととおれの前から失《う》せるんだ」

「旦那さん、このご恩は一生忘れません。ありがとう存じます」

おのぶは深々と辞儀をすると、座敷の表に出て、もう一度辞儀をして去って行った。

その間、五郎七はそっぽを向いて目をつむっていた。

やがておのぶの足音が消えると、

「銀蔵、まさかこんなことになるとはな……」

そういって五郎七は、深いため息をついた。

「申しわけないことを……」

「おまえが謝ることはねえ。だが、ああいう女もいるんだ。さすが、花魁になったほどの女だ。おれの目に狂いはなかったと思えば、気も楽だ。手向《たむ》けの金も惜しくはねえ」

「………」

銀蔵には返す言葉がない。

「そうだ、おまえには約束の金を渡しておかなきゃならねえ」

四

空に浮かぶ雲は茜色《あかね》に染まり、海には黄金に輝く光の帯が走っていた。

懐に二十両の金を入れた銀蔵は、稲荷橋の手前で立ち止まった。懐の金を着物の上からつかんで、小さな吐息をついた。

――足抜けした元花魁とはいえ、天晴《あっぱ》れな女だ。

銀蔵に謝礼の金を渡す五郎七が、あきれ返ったようにいった言葉を思い出した。昨夜会った同じ女とは思えない肝の据わりように、銀蔵も少なからず感服しているのだった。

稲荷橋を渡ったすぐのところに、待ち合わせの茶店があった。暖簾《のれん》をくぐると、土間の縁台に、楚々《そそ》とした姿で座っているおのぶと目が合った。口許に小さな笑みを浮かべ、楽しげな眼差しを向けてくる。銀蔵はその横に腰をおろした。

「あんたには兜《かぶと》を脱ぐよ」

「ありゃ、銀蔵さんがいう科白《せりふ》ではないでしょうに」

「おれもいろんな女を知っているつもりだが、博徒の親分と堂々と渡り合い、挙げ句金を巻き上げちまった。恐れ入るとはこのことだ」

「伊達《だて》に廓で生きてきたわけではありませんから……」

「廓で鍛えられた知恵っていうのかい？」

さあ、どうでしょうと、おのぶは遠くを見る目になった。

「ともかく約束は約束だ」

銀蔵は五郎七からもらった謝礼の半金をおのぶに渡した。おのぶは遠慮なく押し戴き、しっかり懐のなかにしまう。

「……それでいつ江戸を離れるんだい？」

「二、三日内に発《た》とうと思っています」

「吉原の傾城屋があんたを捜しているらしいから、気をつけることだ」

「ご心配いただきありがとう存じます。さあ、それじゃわたしはこれで……」

先におのぶが立ち上がった。銀蔵は心付けを縁台に置き、遅れて店を出た。

「これでお別れでございます。お世話になりました」

辞儀をするおのぶを、銀蔵は黙って眺めた。

「……達者でな」

「ええ、銀蔵さんこそ」

おのぶは、にっこり微笑《ほほえ》みを浮かべて、言葉を足した。

「これで安心して、恋の道行きに出ることができます」

もう一度辞儀をして、おのぶは越前堀に架かる高橋を渡っていった。

振り返ることなく歩みを進めるその姿に、あわい西日があたっていた。銀蔵はおのぶの姿が見えなくなるまで立ちつくしていた。

渡世人を気取った男たちは、粋《いき》を大事にするが、銀蔵はその粋というのを、おのぶという元花魁から教えられたような気がしていた。

「恋の道行きか……」

つぶやきを漏らした銀蔵は、ようやく我に返った心持ちになり、口を引き結び、くるりときびすを返した。

ずっと気になっている吉松に会っておきたかった。本八丁堀の河岸道を歩いて、吉松の家に行ったが、やはり留守である。しばらく戸口の前に佇んでいたが、いやな胸騒ぎがしてならなかった。

いつの間にか暗くなった空をあおぎ見、またたく星に向かって息を吐いた。吉松の行方を知りたい。いっしょに動いているはずの栄次の姿もない。一度木戸口を振り返った銀蔵は、そうだ苗蔵はどうしているのだろうかと思った。

吉松の長屋を出ると、もう一度五郎七の家に足を向けた。五郎七一家の番頭格である左平次に出くわしたのは、湊稲荷を過ぎたところだった。

「銀蔵じゃないか」

先に左平次が声をかけてきた。そばに三人の子分を連れていた。

「これは左平次さん」

「藤巻を連れてきたそうだな。一筋縄ではいかない女だったと、親分がぼやいていたぜ」

すでに一家の者たちは藤巻の一件を耳にしているようだ。

「おれも一本取られたって感じです」

「そうかい、おれも会ってみたかったたな。どこへ行くんだ？　暇だったら付き合うか？」

左平次は酒を飲む真似《まね》をした。

「ちょいと吉松さんに会いたいと思いましてね」

「吉松だったら親分に暇をもらっているよ。なんでも昔なじみの法事だとかでな。もうじき夏越《なご》しの祓《はら》いだが、それまでには戻ってくるってことだ」

「そうでしたか……」

夏越しの祓いは、六月の晦日《みそか》（三十日）にほうぼうの神社で行われる。博徒はこの日、盆を張るのがならいだ。一家はその準備をぼちぼちはじめているのだった。

「どうだ、付き合うか？」

「今夜は勘弁してください。急ぎの用事があるんです」

「そうかい、ま、無理にとはいわねえ。それじゃまただ」

左平次は子分を連れて京橋のほうへ歩いていった。酒の飲み過ぎで体調を崩していると聞いていたが、調子が戻ったのだろうか……。

左平次を見送った銀蔵は、そのまま新川に足を向けた。吉松が暇をもらっているとは知らなかった。栄次の姿を見ないのは、やはり吉松に同行しているからだろう。一家には法事だといっているようだが、実際は違うはずだ。

吉松は敵を狙《ねら》っている。元茂三郎一家にいた徳七という男だが、いまは銀蔵も知っている六阿弥陀の平十郎一家に草鞋《わらじ》を脱いでいるらしい。

徳七を狙う吉松は慎重にことを進めているはずだ。下手をすれば、五郎七一家と平十郎一家が揉《も》めることになる。博徒同士の出入りとなれば、一人二人の怪我《けが》人が出るだけではすまない。吉松は五郎七一家への迷惑を考えて、この一件は内聞にしているはずだ。

銀蔵は明日、もう一度吉松の家を訪ね、いなかったら上野まで足を運んでみようと思った。場合によっては六阿弥陀の平十郎一家にいる政次郎を訪ね、それとなく探りを入れてもいい。

住まいのある新川に戻ってきた銀蔵は、一ノ橋に近い富島町の小料理屋で軽く引っかけて、自宅長屋に戻った。


「銀ちゃん、銀ちゃん」

慌てた様子で清吉がやってきたのは、翌朝のことだった。洗面から帰ってきたばかりの銀蔵は着替えをしているところで、息を喘《あえ》がせながら戸口につかまっている清吉を見た。

「どうした？」

「お千代さんが、お千代さんが大変なんだ」

「大変て、どういうことだ？」

銀蔵はきゅっと帯を締めて、清吉のそばにいった。

「この前からいっていたやくざがやってきてさ。それでお千代さんにいちゃもんつけて……」

「それで、どうした?」

銀蔵は今にも泣きそうな顔をしている清吉の肩をつかんだ。

「店を滅茶苦茶にしてんだ。おいら、おっかなくて近所の人に助けてもらおうとしたんだけど、誰も止めてくれなくて……それで銀ちゃんならと思って駆けて来たんだ」

「そいつはまだいるのか?」

清吉はわからないと首を振る。

店を滅茶苦茶にされていると聞いては、じっとしておれない。唇を嚙んだ銀蔵は、こうなったら忠蔵一家のことを気にしてはおれないと腹をくった。

「よし、すぐに行こう」

銀蔵はそういうなり長屋を飛び出した。

五

すでに日は高くなっており、大地を焦がす強い日射しが肌を焼きにきた。尻端折《しりはしょ》りをして駆ける銀蔵は、あっという間に汗だくになった。清吉が追いかけてくるが、その差はどんどん開くばかりだ。

「おっと、ごめんよ」

永代橋を渡りきったとき、前からやってきた定斎屋《じよさいや》とぶつかりそうになった。あわわ、と悲鳴を上げた定斎屋は、天秤《てんびん》でになった薬箱を落とすまいと足をふらつかせながら、駆け去る銀蔵を罵《ののし》った。

千代の店の近くで足をゆるめたが、野次馬もいなければ、騒ぎの気配も感じられなかった。だが、店の前で立ち止まって、目を瞠った。

看板が外され、破れた腰高障子が土間に立てかけてあった。千代は荒らされた帳場の片づけをしていた。煙草の入った筒や箱がひっくり返され、刻み煙草《タバコ》が散らばっていた。

「清吉から聞いたが、いったいどういうことだ?」

声をかけると、一心に片づけをしていた千代が、びくっと肩を動かして振り返った。顔中汗だらけだ。

「だからやくざもんは嫌いだっていうんだよ。あたしの大事な店をこんなにしやがって……」

「やったのは誰だ?」

「其三郎《きさぶろう》って野郎だよ」

答えたのはようやく駆け戻ってきた清吉だった。

両膝に手をついて、荒い息をしながら言葉を継ぐ。

「朝から酒の匂《にお》いをさせてきやがったんだ。懇《ねんご》ろにならねえかと、いやらしい顔でお千代さんの手をつかんで放そうとしなかったんだ」

「清吉、おまえは黙っていな」

千代は興奮を抑えた顔で遮ったが、清吉は聞かなかった。

「だって、そうじゃないか。どうせ店は暇なんだろう、今日はおれに付き合って、ゆっくり酒でも飲もうといったじゃないか」

「お黙りって」

千代はきっとした目をしたが、清吉は黙らない。

「無理やり抱きついて、嫌らしいことをしようとしただろ。それでお千代さんが頰をはたいたら目の色を変えて、怒鳴り散らして……」

清吉は両手を握りしめると、奥歯を嚙んで、目に涙を溜《た》めた。

「おいら、あの野郎にお千代さんが……」

ううっと、清吉はうめくような声を漏らして、大粒の涙をこぼした。

「でも、お千代さん。大丈夫だったのかい？　ひどいことはされなかったのかい？」

「ご覧のとおりだよ。何もおまえが心配することとないよ」

「清吉、心配するな」

銀蔵も宥《なだ》めるように清吉の肩に手を置いた。それから片づけを手伝いながら、

「そいつは前から来ていたのか?」

と、聞いて千代を見た。

「ときどき煙草を買いに来てはいたけど、最近は毎日のようにやって来て……顔を合わせるたびに、馴《な》れ馴れしい口を利くようになりやがって……それでもさっきのようなことになるとは思っちゃいなかった」

千代は顔と首筋の汗をぬぐい、大きなため息をついた。

「怪我は……?」

「体は何ともないよ。だけどあの男、これですますとは思えないね。おめえさんのことは絶対あきらめないって、捨て科白吐いて帰ったから」

「……そうか」

銀蔵はひっくり返った箱を元に戻して、千代のほうに押しやった。泣いていた清吉も片づけを手伝いはじめた。

「其三郎といったな……」

「忠蔵一家の其三郎を舐めるんじゃないと、最後は脅し文句だ。あたしゃ、やくざも

んが怖くて商売やってられるかいっていい返してやった。すると、ますます気に入ったといいやがるんだ。ふざけるんじゃないわよ。まったく……」

よほど悔しいのか、千代は持っていた雑巾《ぞうきん》を壁に投げつけた。

「其三郎は一人だったか？　それとも連れがいたとか……」

「一人だよ」

銀蔵は日盛りの表に目を向けた。

其三郎という男の顔はぴんと来ない。会っているかもしれないが、忠蔵一家全員を知っているわけではなかった。

「……ともかく怪我がなくてよかった」

「あいつ、この家に大人の男がいないから甘く見てやがるんだ」

清吉が銀蔵を見ながらつづける。

「銀ちゃんがいてくれれば、あんなダニみたいな野郎に舐められることはないのにな」

銀蔵は笑って応じるしかない。

だが、こんなことがつづくと店にとっては迷惑だし、黙って見過ごすこともできない。

「銀ちゃん、いらぬこと考えるんじゃないよ。これはあたしの問題で、あんたには関係ないことだからね」

千代はふっと一息ついて、団扇《うちわ》をあおぎ、障子も貼《は》り替えなきゃならないとぼやく。

「でもお千代さん、あいつがまた来たらどうするんだよ。またねちねちと、お千代さんにいい寄るかもしれないじゃないか」

清吉は心配でならない様子だ。

「今度来たら張り倒してやるさ」

「相手はやくざだよ」

「……清吉、悪いけど冷や水作ってくれないか。喉が渇いたよ」

生返事をした清吉が台所に行くと、

「銀ちゃん、ほんとだよ。何も余計なことすることはないからね」

千代は釘《くぎ》を刺した。

「そういわれても黙っちゃおれないだろう。店の弁償だってある」

「こんなのたいしたことないよ。もっとも泣き寝入りするのはいやだけど、あたしが堪えることでこれ以上波風が立たなきゃ、それでいいさ」

清吉が三人分の冷や水を持って戻ってきた。井戸水に砂糖を溶かしただけであるが、暑気払いにはもってこいの飲み物だった。

「其三郎って野郎は酒を飲んでいたらしいから、酔ったうえの弾みだったかもしれない。お千代さんが放っておくというなら、様子を見るしかないだろう」

「銀ちゃん、気をまわさなくていいから……」

銀蔵はわかったというように、黙って冷や水に口をつけた。しばらく世間話めいたことを話して桜屋を出たが、やはり其三郎という男のことが気になっていた。永代橋の手前で足を止めると、そのまま忠蔵の家に向かった。金三郎のことがあるので、忠蔵一家には近づきたくなかったが、其三郎の顔をたしかめておこうと思った。

六

蟬《せみ》の声に包まれた深川蛤町《はまぐりちょう》まで来て、銀蔵は、待てよ、と思った。忠蔵の家はもう目と鼻の先だが、何も家に乗り込むことはないと考え直した。

いまは忠蔵と顔を合わせないほうがいい。もし、金三郎が一家に戻っているようなことがあれば、どうなるかわからない。

銀蔵は陽炎《かげろう》の立つ道を後戻りした。江川橋を渡り、深川寺町を抜け、さらに海辺橋を渡って、小名木《おなぎ》川に架かる高橋《たかばし》の近くまでやってきた。

うだる暑さにまいったのか、魚の棒手振《ぼてふり》が茶店の葦簀《よしず》の陰で休んでいた。縁台のそばには、犬が舌を出してべったり腹をつけている。

忠蔵一家は川普請人足の手配をやっている。出稼ぎや日傭取りの口入れをして日当から上前をはねると同時に、口入れ料を取っているのだ。そのための人足を集める小屋があった。詰めているのは忠蔵一家の者だ。

小屋は高橋組という町屋の一画にあった。粗末な掘っ立て小屋を訪ねると、表の長床几《しょうぎ》に、腹掛け一枚になって団扇をあおいでいる男がいた。

銀蔵を見ると、おやと、物めずらしそうな顔をした。勘八《かんぱち》という四十がらみの男で、口入れの手引きを専門にしている。

「銀蔵じゃないか」

「暑いですね」

銀蔵は勘八の横に並んで座った。

「この辺に用でもあったのか？　こっちに来ることは滅多にないだろう」

「ちょいと近所に野暮用があったんで通りかかっただけです。のぞいたら勘八さんの姿が見えたんで……」

「金三郎のことか？」

「そういうわけじゃありませんが……」

銀蔵は言葉を濁して、煙草入れを取り出した。

刻みを詰めて煙管をくわえ、火をつける。

「急に金三郎がいなくなったんで、みんな捜しているところだ。どうなっているのかわからねえが、まるで神隠しだ」

「……まだ見つからないんですか？」

「ああ、おかしなことだ。……町方に捜してもらおうかって話も出てるようだが、ひょっこり現れたら一家の恥だ。それにしても、どうしちまったんだか……」

勘八は勝手に世間話をはじめた。銀蔵は煙草を呑《の》みながら黙って聞いていたが、急に思い出したように、

「其三郎って男がいますね」

と、話を振った。

「あの酒癖の悪い野郎か……あいつがどうした？」

「今朝、佐賀町で酔っぱらって騒いでいたと耳にしたんです」

銀蔵は当たり障りのないように気を使った。

「今朝っていつごろのことだ？」

勘八はぱたぱた団扇をあおぎながら、無精髭《ぶしょうひげ》といっしょに鼻毛が伸びている顔を銀蔵に向けた。

「聞いたのは半刻ほど前です」

「しょうもねえ野郎だ。博奕《ばくち》と酒と女にしか目のねえやつだからな」

「歳はいくつぐらいです？」

「もう三十の坂に届くんじゃねえかな。女房に逃げられてから、ますます酒癖が悪くなったとは聞いているが、そろそろ灸《きゅう》の据えどきかもしれねえな」

「ひょっとして勘八さんが面倒を見ているんで……」

「おれじゃねえ。彦蔵《ひこぞう》さんが拾ってきたんだ」

「彦蔵さん……」

忠蔵と四分六の盃を交わしている兄弟分だ。一家では忠蔵のつぎに力のある男だった。

銀蔵はこれは厄介だと思わずにいられなかった。

「相当暴れたのかい？」

「いえ、詳しいことは知らないんです。耳にしただけですから……」

とぼけていう銀蔵は、煙管の雁首を手のひらに打ちつけて、灰を吹き飛ばした。

「それにしても今日は暑いな。人足らもまいってやがる」

「いまはどこの普請です?」

「猿江橋舟会所の近くだ。たいした普請場じゃないから今日には終わるだろうが……」

「通り雨でも降ってくれればいいんでしょうが……」

銀蔵はぎらつく太陽を見ていった。空には雲ひとつない。

「さ、そろそろ行きます。お邪魔しました」

腰を上げると、たまには遊びに来いと勘八が声をかけてきた。

銀蔵はそのまま大川端まで歩き、途中の茶店で一休みした。日の光をきらめかせる大川に上り下りする舟が見られた。

夜になれば、鍵屋《かぎや》の花火が打ち上げられる場所だ。川端筋の茶店や料理屋がそのための桟敷《さじき》を設けている。もっとも花火打ち上げは、もう少し上流だから、花火見物客の多くは大橋やその両側の岸に集まる。この辺で花火を見るのは風流人だ。

銀蔵は千鳥のおしずと花火を見に行く約束をしていたことを思い出した。今日明日というわけにはいかないが、川仕舞いの八月二十八日までには約束を果たそうと、生《き》真面目《まじめ》なことを思った。

汗が引いたところで茶店を出た。そのまま川沿いを歩いてゆけば、千代の店桜屋の前を通ることになる。気になっているので、もう一度寄ってみようと思った。せっかく引いた汗は、すぐに体からにじみ出てきた。桜屋の目と鼻の先にある下之橋を渡るころには背中に着物が張りつき、脇の下も汗で濡《ぬ》れていた。

橋を渡りきったときだった。いきなり怒声がして、桜屋から清吉が飛び出してきた。

「なにしやがんだ！　お千代さんを放せ！」

清吉が店のなかに怒鳴った瞬間、今度は千代が転がるように出てきて、地面に両手をついた。裾がめくれ、白い太股《ふともも》が露《あら》わになった。

千代はきっと、厳しくした目を店のなかに向け、

「女に手を出すなんざ下衆《げす》のやることだ！　とっとと帰りやがれッ！」

と、怒鳴り声を発した。

近くを通っていた者が足を止め、隣の店からも人が出てきた。

銀蔵が足早に近づくと、店のなかから片肌脱ぎになった男が現れた。

「黙ってりゃ生意気なことを……もう勘弁ならねえ」

男は鬼の形相《ぎょうそう》で、千代につかみかかった。

第五章　六阿弥陀横町

一

「やめねえか」

銀蔵は男の腕をつかんだ。とっさに男の顔が振り向けられる。熟柿《じゅくし》のような口臭が鼻をついた。

「其三郎というのはてめえだな？」

「そういうおめえは何だ？　邪魔すんじゃねえ！」

其三郎は千代を放すと、銀蔵につかまれた腕を振り払って、顔がくっつくぐらいの距離でにらみ合った。

「銀ちゃん、そんな野郎やっつけちまえ！」

清吉がわめいた。

銀蔵と其三郎はにらみ合ったままだ。いつの間にか周囲に野次馬が出来ていた。

「忠蔵さんのところのもんだな」

「なんだと……」

其三郎は血走った目ですごむ。

「か弱い女に手を出してどうする？　何があったか知らねぇが、親分の顔に泥を塗るようなもんじゃねぇか。一家に恥をかかせるようなことはやめたほうがいい」

「てめえ、横からしゃしゃり出てきやがって、えらそうな口を利くんじゃねぇ」

其三郎はいきなり拳骨《げんこつ》を飛ばして殴りかかってきた。銀蔵は軽く顔をそらして、其三郎の手首をつかんだ。其三郎は振り払おうとするが、銀蔵は放さない。

「往来でみっともないことはやめようじゃないか。話ならおれが聞く」

「な、なんだとぉ……」

銀蔵がつかんでいる腕に力を入れたので、其三郎は顔をしかめた。

「話をしようじゃないか」

「……よし、話でも何でもつけてやる」

銀蔵は千代に、店を借りるといって其三郎の手を放してやった。其三郎はつかまれた腕をさすりながら、野次馬たちを剣呑《けんのん》な目で睨《ね》めまわし、

「やいやい、見せもんじゃねえんだ。とっとと帰りやがれッ！」

鼻息荒くいって肩を怒らせる其三郎は、桜屋の戸口に立つ銀蔵をにらみながら歩み寄ってきた。千代と清吉が遅れて店に入り、腰高障子を閉めた。

「どういうことだ？」

銀蔵の問いに答えたのは其三郎ではなく、清吉だった。

「今朝、お千代さんに袖《そで》にされたのが気に食わないから、今度は力ずくでお千代さんを手込めにしようとしたんだ。悪いようにはしないから、いうこと聞けばいい思いをさせてやる。こんなしけた店でなく、もっと立派な店を持たせてやるとか何とかって、できもしないようなことを口にしていい寄ったんだよ」

「やい、ガキッ！　いい加減なことぬかすと、承知しねえぞ！」

其三郎に一喝された清吉は、さっと銀蔵の後ろに隠れた。千代は帳場に座って、じっと其三郎をにらみつけたままだ。

「どうやらあんたはこの店に迷惑をかけているようだ。おとなしく帰ってくれないか」

「なんだと。おい、おめえはいったいどこの何もんだ？　おれを忠蔵一家の者だと知って、でけえ口たたいているのか？　一家に盾突いたらどうなるか、思い知らせてやってもいいんだ。その腹くくっていってんだろうな」

銀蔵はにらみを利かす其三郎を冷めた目で眺めた。

「……腹ならとうにくくってる。忠蔵一家も何も関係ない。間違っているものは、間違っている。それが道理じゃないか。無理難題を押しつけて、それを通すというなら黙っちゃいない」

「な、なにを……」

「お千代さんも清吉も、おれにとって大事な人だ」

千代の顔がはっと銀蔵に向けられた。

「それじゃおめえの女ってわけか？」

「そういうことではないが、ここははっきりさせておこう。お千代さん、其三郎さんはあんたに気があるようだが、どうだ？」

「二度と店の敷居はまたいでほしくないね」

千代は凛《りん》とした顔ではっきりいった。其三郎の顔が一瞬にして曇った。その目から怒りが薄れたが、今度は違う憎悪の炎を燃え立たせて銀蔵をにらんだ。

「よし、わかった。だが、おめえとは差しで勝負しなきゃならねえ」

「話し合いなら望むところだ」

「へへッ、そうかい。それじゃ、たっぷり話をしようじゃねえか」

其三郎は仲間を集めて、脅しをかけるつもりだろう。おそらく脅しだけではすまないはずだ。

「それなら忠蔵一家を訪ねよう。筋を通して話す」

其三郎はわずかに驚いたようだが、すぐに余裕の笑みを口の端に浮かべた。

「いい度胸じゃねえか。いいだろう」

「夕方、訪ねる」

「そうかい。それじゃ楽しみに待ってるぜ」

其三郎はそのまま戸口まで行って、千代をにらむように振り返った。

「このまま無事にすむと思うな。深川で商売できねえようにしてやる」

「…………」

千代は何も答えず、其三郎をにらみ返しただけだった。

「それからおめえ、名は何という?」

其三郎は、今度は銀蔵に剣呑な目を向けた。

「木更津の銀蔵だ」

「そうかい、忘れはしねえぜ」

其三郎はペッとつばを吐くと、勢いよく腰高障子を引き開け、そして荒々しく閉めた。ばちん、と、音を立てて閉まった腰高障子は、破れたままになっていた。

銀蔵が吐息をついて首を振ると、千代が清吉に塩を持ってこいといいつけた。いわれた清吉は台所に行って塩を持って戻ってきた。

千代が戸口の表に塩をまく間、清吉はおろおろと、

「あいつ商売ができないようにするといったけど、どうするんだいお千代さん。それに銀ちゃん、ほんとに忠蔵一家に行くのかい？」

と、心細げな顔を向けてきた。

「やつがいったように、このままでは収まらないはずだ。話をつけてくる」

「それならわたしもいっしょに……」

千代が手についた塩を払いながら顔を向けてきた。

「いや、それはいい。それより、やつがここで何をしたか詳しく教えてくれないか」

二

深川の町が西日に包まれるころ、銀蔵は忠蔵一家に足を運んだ。日は落ちかけているが、蟬時雨《せみしぐれ》は静まることを知らない。

千代と清吉から詳しい話を聞いたが、落ち度はなかった。非は其三郎にある。だが、

ひねくれたやくざ者だ。どう出てくるかわからない。それに忠蔵がどのような応対をするか、それも予想がつかない。

銀蔵のような半稼者のいい分を聞くかどうかわからない。博徒は一家の者を自分の家族のように大事にする。忠蔵や一家の一部の人間を知っているとはいえ、銀蔵はよそ者に他ならない。

だが、千代や清吉のことを思えば、何もしないわけにはいかない。

西日を受ける十五間川を一艘《そう》の猪牙《ちょき》が滑るように去って行った。舟には箱持ちを従えた芸者が乗っており、優雅に扇子をあおいでいた。これからどこかの座敷に行くのだろう。

深川蛤町に入ると、そのまま忠蔵の家に乗り込んだ。玄関に若い衆が二人いて、座っていた縁台からさっと立ち上がった。

「誰だ？」

若いほうが声をかけてきたが、もう一人は銀蔵を知っていた。

「金三郎さんの知り合いだ。いい」

顔見知りの若い衆がそういって、銀蔵を見た。

「其三郎さんに会いに来た。それから親分はいるか？」

「二人ともいますよ」

「会いたい」

お待ちをといって、若い衆が家のなかに入っていった。待たされることもなく、若い衆が戻ってきて、どうぞ、という。

銀蔵が土間に入ると、奥に其三郎の顔があった。不遜《ふそん》な顔で首をぐるりとまわし、両手を合わせて、指の骨をぽきぽき鳴らした。

「約束どおり話し合いに来ました」

銀蔵はへりくだっていうが、怯《ひる》んではいない。

「待っていたとこよ」

「それじゃ、親分と同席願います」

「なんだと?」

「……具合が悪いですか?」

其三郎は躊躇《ためら》った。

「親分は忙しいんだ。おめえみたいな半端者の相手をしている暇はねえ」

銀蔵はそばにいたさっきの若い衆を見て、取り次いでくれないかと頼んだ。

「なんだてめえ!」

いきなり其三郎が吠《ほ》えた。

「頼む、親分におれが来たといってくれ」

銀蔵はかまわずに若い衆にいった。

「ふざけるな！」

其三郎はそうわめくなり、懐に手を伸ばしたかと思うと、匕首《あいくち》を閃《ひらめ》かせて突っ込んできた。銀蔵はとっさに避けて、匕首を持つ手をつかみ、腕をひねり上げた。

「喧嘩《けんか》しに来たんじゃない。話し合いだといってるだろ」

「く、くそっ……」

騒ぎを聞いた者が座敷や奥の土間から姿を現した。

「なにを騒いでる？」

座敷から声をかけてきたのは、彦蔵だった。

一家の番頭格だ。銀蔵と其三郎を見て、上がり框《がまち》まで下りてきた。頬《ほお》に薄い刀傷のある四十過ぎのやさ男だが、切れ者で通っている。

「ちょっとしたいざこざがありまして、其三郎さんと話し合いに来たんですが、親分にも立ち会ってもらおうと思っているんです」

「いざこざ……？　ま、とにかく上がれ。其三郎、そんなもんをこんなところで振りまわすんじゃねえ」

兄貴分にいわれては其三郎も従うしかない。

彦蔵に導かれて奥の座敷に行くと、忠蔵が諸肌《もろはだ》を脱いで団扇《うちわ》をあおいでいた。相撲《すもう》取りに負けぬほどの巨軀《きょく》には、汗がにじんでいる。ぎろっと大きな目で銀蔵と其三郎を見て、

「どうした？」

と、聞く。

土間でのことを彦蔵が手短に話した。

「わめいていたのはおめえか。いったい誰だと思っていたんだ。遠慮はいらねえから、こっちに来い」

銀蔵は忠蔵の前に進んだ。其三郎は最前の勢いはどこへやら、小さくなっている。

縁側で焚《た》かれている蚊遣《かや》りの煙が、銀蔵と忠蔵の前を流れていった。日が翳《かげ》りはじめているので、燭台が点《とも》されている。

「どういうことだ？」

忠蔵に聞かれた其三郎は躊躇ったが、銀蔵は臆せず話した。

「佐賀町に桜屋という煙草《タバコ》屋があります。おかみとその養子のいる店です。おれが江

戸にやってきて初めて世話になったおかみで、以来何かと付き合いがあるんですが、その店に其三郎さんが押しかけて……」

「押しかけたんじゃねえ」

其三郎が遮ったが、相手を射殺すような凄《すご》みのある目で忠蔵ににらまれると、炭火に水がかかったように、しゅんと押し黙った。忠蔵は銀蔵に話せとうながす。

「其三郎さんは、その気もないおかみにいいより、袖にされたのに腹を立て、店で暴れ、挙げ句そのおかみと子供に乱暴したんです。おれはそれを見て仲裁に入ったのですが、このままでは其三郎さんの気が収まらないだろうと思い、話し合いに出向いてきたという次第です」

「そうかい……其三郎、今の話に間違いはねえか？」

「おれはただ、おかみのお千代に酒の相手をしてもらおうと思っただけです。ところがあの女、生意気なことをいっておれを馬鹿にしやがるんで、ちょいと……」

「痛めつけてやろうと思ったのか？」

「……ま、まあそんなとこです」

小さく縮こまっている其三郎はもじもじした。

「くだらねえ。堅気《かたぎ》の女に、手を出したっていうわけか」

「手は出してはおりません」

「銀蔵は暴れたといったじゃねえか」

「ちょいと脅しただけです」

「同じことだ」

「……へえ」

忠蔵は太い指で煙管《キセル》をつかんで火をつけた。ずっと其三郎をにらんだままだ。紫煙を一吹きすると、

「彦蔵、其三郎はおめえが面倒見ているんだ。たっぷり教えてやれ」

「へえ」

返事をした彦蔵は其三郎をにらんだ。

「それで銀蔵、その店のおかみとはちょいとした仲らしいが、本当のところはどうなんだ？」

「好いた惚《ほ》れたという間柄じゃありません。さっきも申しましたように、何かと世話になっているだけです。そんな店ですから、今日のようないざこざが起これば、黙っているわけにはまいりません。相手が親分の身内と知って、やってきたというわけです。おそらく其三郎さんも悪気があったのではないでしょう。それに酒の勢いもあっ

たのかもしれません。誰にでも魔が差すことはあるんで、大目に見てやってもらえませんか」

「聞いたか其三郎」

「へい」

「銀蔵は半稼者だが、よっぽど骨のあることをいいやがる。恨みを残すんじゃねえぜ。まあ、おめえも女房に逃げられてやけになってるんだろうが、下手を扱《こ》いておれの面《メン》子《ツ》をつぶすようなことをすりゃ、ただじゃおかねえ」

「申しわけありませんで」

「馬鹿野郎！」

忠蔵のいきなりの怒声に、其三郎は後ろ手をついて青くなった。

「謝るぐらいだったら、よく考えてからやれってんだ。みっともねえことするんじゃねえ」

「へ、へえ……」

其三郎は体を戻すと、両手をついて額を畳にすりつけた。

忠蔵はそれにはかまわず、鬼瓦《おにがわら》のような顔を銀蔵に向ける。それからゆっくり、煙管の雁首《がんくび》を灰吹きに打ちつけた。

「おまえも聞いてるとは思うが、金三郎が神隠しにあったみたいに消えちまった。おまえはやつの手伝いをしていたから、何か聞いちゃいないか?」

忠蔵はまっすぐな目を向けてくる。銀蔵は思わず視線をそらしたくなったが、堪《こら》えた。忠蔵はわずかな表情の変化も見逃さないはずだ。

「金三郎さんのことはおれも気になっているんですが、よくわかりませんで……」

「そうか。……それにしても妙なことだ」

忠蔵は大きな湯呑《ゆの》みをつかんで、口に運び喉《のど》を鳴らした。骨張った喉仏が、ごくごくと音を立てながら動いた。

「銀蔵、いつまでいまの暮らしをつづけるつもりなんだ。このままじゃ埒《らち》があかねえだろう。いっそのことおれの盃を受けねえか」

忠蔵は湯呑みを置いていう。

「悪いようにはしねえ。半稼者とはいえ、おまえは見込みがある。おまえさえよけりゃ、おれはいつでも面倒見てやるつもりだ。盃を受けてくれりゃ、金三郎の縄張りを預けてもいい。悪い話じゃないと思うがな……」

「お言葉ですが、おれはどこの一家にも草鞋《わらじ》を脱ぐ気がありませんで……せっかくのご好意を無にして申しわけありません」

忠蔵の脂ぎった頬のあたりが、ぴくっと動いた。

「そうかい、まあときにはそんな変わり者がいても不思議はねえ。世間にはいろんな人間がいるもんだ。気が向いたときに、いつでも遊びに来な。それから……」

忠蔵はそばにあった巾着《きんちゃく》をつかむと、銀蔵に放《ほう》った。

「持って行け。其三郎がかけた迷惑料だ」

「いえ、これは……」

銀蔵はずしりと重い巾着を押しやったが、忠蔵が許さなかった。

「おまえにやるんじゃねえ。その煙草屋への気持ちだ。渡してくれねえか。おまえが大事にしている店なら、二度と一家の者が迷惑をかけることはないと、この深川の忠蔵がいっていたと、そう伝えるんだ」

銀蔵は金三郎のことがあるだけに、心の片隅を痛めながらも、深く頭を下げるしかなかった。

三

桜屋に戻ったときは、宵闇《よいやみ》が濃くなっていた。店の暖簾《のれん》はしまわれていたが、破れた腰高障子には、継ぎが当てられており、店のなかでは千代と清吉が、障子の張り替えに汗を流しているところだった。

「大変だな」

店に入ると、千代と清吉が同時に振り返った。

「銀ちゃん、無事だったんだね。お千代さんとどうなったんだろうと、ヤキモキしていたんだよ」

清吉が顔を輝かせた。

「無事もなにも、ただ話をしに行っただけだ。そういっただろう」

銀蔵は上がり框に腰をおろした。

「それで話はどうなったの?」

銀蔵は黙って、忠蔵から預かった巾着を千代の前に置いた。

「これは……」

「忠蔵親分が迷惑をかけたと……その詫《わ》びの印だ」

さすが銀ちゃんだ、やることが違うと、清吉が歓喜の声上げたが、千代は表情を引き締めていた。

「遠慮せず取っておけばいい。もうこの店に忠蔵一家が迷惑をかけることはない。親分がそう約束してくれた」

「駄目だね。こんなことをしてもらおうなんて思っちゃいないんだから」

「返そうとしてもあの親分は受け取らないよ。そういう人だ。黙って取っておけばいい」

「そうだよお千代さん、あの男、店で暴れて、乱暴までしたんだ。それにおいらもお千代さんも膝《ひざ》や手をすりむいたじゃないか。当然だよ。あんなことがあったから、今日は客もほとんど来なかったし、弁償の金だと思えばいいじゃないか」

「清吉、そういうことじゃないんだよ。其三郎って男が、手をついて謝りに来ればすむことだ。あたしゃ、こんなことをしてほしくて銀ちゃんに行ってもらったんじゃないんだ。これは受け取れないね」

銀蔵はため息をついた。

「……お千代さん、相手はその辺の町の者じゃないんだ。それに、あの親分は一度出したものを引っ込めるような人じゃない。そりゃお千代さんがいうように、其三郎が来るべきだろうが、そんなことをいうと、また蒸し返すことになる。これはこれで収まったんだ。あとは黙っていればいい」

「…………」

千代は考え迷う顔をした。

「どうしても気がすまなきゃ、親分にうまい煙草でも届けることだ。一家には近づきたくはないだろうから、その辺の御用聞きに頼んで届けさせればいい」

「……それでいいと思う？」

「あの親分は煙草が好きだ。何がお気に入りか知らないが、お返しをするのは悪くない」

千代はそれでも迷っているようだった。

「いいからおれのいう通りにしなよ。ここで意地を張ってもしかたない」

「……だったらわたしが届けに行くことにする」

「大丈夫かい、お千代さん」

清吉が心配そうな顔でいう。何だったら自分もついて行くと言葉を足す。

「ううん、あたし一人で十分さ」

千代はそういって、やっと巾着を受け取り、中身を見てまた驚いた。

「ちょ、ちょっと、これは大金だよ」

千代が巾着をひっくり返すと、二十数両の金が出てきた。銀蔵も驚かずにはいられなかった。小判はあるにしても、小銭がその大半だと思っていたのだ。

「こんなに……ほんとにいいのかね……」

千代はぽかんと口を開けたまま、銀蔵と清吉を交互に見た。

「……いまさら返すわけにはいかない。収めておくしかないだろう」

銀蔵はそういうしかなかった。

「まあ、まあ、まさかこんなことになろうとはね。でも、銀ちゃん。あんたにはいらぬ暇つぶしをさせちまったんだから、酒手《さかて》を受け取っておくれ」

千代は自分の財布から金を取り出そうとしたが、銀蔵は手を上げて制した。

「それは駄目だ。おれはそんなつもりでやったんじゃない」

「でも……」

「もし、そんなことに甘えれば、おれはこれからも甘えることになる」

「甘えたっていいよ」

「駄目だね。おれは金目当てで、この店に遊びに来てるんじゃない。勘違いしないでくれ」

千代は清吉と顔を見合わせた。

「それじゃ、何かうまいもんでも食べに行こうか。今夜はあたしの奢《おご》りってことだ」

「そうしよう、そうしよう」

清吉がはしゃいだ。

「悪いが、会わなきゃならない人がいるんだ」

吉松のことがずっと気になっている。銀蔵はもう一度家を訪ねようと思っていた。

「なんだ、しょうがないねえ」

「悪いが、飯は今度奢ってもらうよ。清吉、今夜はどうしても外せない用があるんだ。また、ゆっくりな」

「なんだ、がっかりだな」

清吉は口をとがらせて、つまらないという顔をした。銀蔵は笑って応じるしかない。

それからすぐに桜屋を出たが、しばらく行ったところで、後ろから追いかけてくる下駄音がした。振り返ると千代だった。

「どうした?」

千代は足をゆるめて近づいてきた。

「今日の昼間、あたしのこと、いいや、あたしたちのことを大事だといってくれたわね」

「……………」

「あたしも銀ちゃんのこと、大事な人だと思っているんだから」

「……………」

「それだけ伝えておこうと思ってさ」

千代は照れを隠すように微笑《ほほえ》んだ。そばの提灯《ちょうちん》の明かりを受ける頬が、心なし赤くなったようにも見えた。

「ありがとうよ。それじゃ……」

銀蔵は軽く頭を下げると、くるっときびすを返して永代橋に足を向けた。千代は声をかけてはこなかったが、銀蔵はいつまでも彼女の視線を背中に感じていた。正直、別れ際にいわれた言葉が嬉《うれ》しかった。

永代橋の途中まで銀蔵の顔はゆるんでいたが、霊岸島の町屋の明かりが見えると、徐々に表情を引き締め、吉松さんは帰っているだろうかと、心中でつぶやきを漏らした。

四

明かりがあった。戸口も風を入れるために開けられていた。

木戸を入った路地で立ち止まった銀蔵は、胸を高鳴らせ、急ぎ足になって吉松の家を訪ねた。居間でのんびり団扇をあおいでいた吉松を見るなり、

「無事だったんですね」

と、興奮の声を抑えることができなかった。

「いきなり、なんだい。ま、入りな」

吉松は常と変わらない顔で、銀蔵をいざなった。

「何度も来たんですよ。ひょっとして、何か悪いことが起きたんじゃないかと……」

「心配は無用だ」

「……よかった」

銀蔵は安堵《あんど》の吐息を漏らし、あらためて吉松を見た。

「それで、どうなったんです?」

「会えずじまいだ」

「………」

「徳七が平十郎一家にいるかぎり、下手は打てねえ。それに五郎七親分のことも考えなきゃならない。敵討《かたきう》ちとはいえ、やつは平十郎親分の下にいるから、ことはそう簡単には運ばない。その辺が苦心のしどころでな」

吉松は煙草盆を引き寄せて、

「いま、栄次が酒を買って戻ってくる」

といった。

「徳七に会えなかったというのは……？」

「旅に出ていやがった。あれこれ調べてやっとわかったことだ」

「長旅なんですか？」

「いや、二、三日内に戻ってくるらしい。旅先まで追ってもいいが、すれ違いになったら無駄足だ。帰りを待つことにした」

吉松は煙管を吹かしながら、風に揺れて音を立てている風鈴を眺めた。

「……やつは、どうあっても生かしちゃおけねえ」

「どうしてもやるんですか？」

吉松が顔を戻して、眉宇《びう》をひそめた。

「妙なことをいいやがる。やつは親殺しをしたのも同じだ。どうしたって許せるもんじゃねえ。やつのせいで一家はつぶれたんだ」

吐き捨てるようにいった吉松は、忌々《いまいま》しそうに煙管を灰吹きにたたきつけた。

「銀蔵」

声をかけて栄次が戻ってきた。手に提げていた酒瓶を銀蔵に渡した。

「会えなかったんだって……」

「ああ、旅に出てるとは知らなかったからしかたねえさ」

栄次は銀蔵に応じて、三人分のぐい呑みを配った。

「……それで藤巻のことはどうした？」

銀蔵の酌を受けた吉松が聞いた。

「さすが元花魁《おいらん》です。してやられました」

「どういうことだ？」

銀蔵は藤巻に会ってからのことを話してやった。

手酌をしながら吉松と栄次は耳を傾けていたが、五郎七が金をまんまと巻き上げられたと知ると、声を上げて笑った。

「こりゃおかしいや。おれもその女に会ってみたかったぜ」

「話はそれで終わりじゃありません。おれが親分からもらった謝礼も、あの女と折半することになったんです」

「折半……」

栄次は声をひっくり返して、目を丸くした。

「要するにおれが、藤巻ことおのぶを親分のとこへ連れて行かなきゃ、謝礼は出ない。おのぶは、それなら会うだけ会って金だけもらおうと……まったくしてやられたというか、なんというか……」

銀蔵が苦々しい顔をすると、二人はまた腹を押さえて笑った。

「それじゃ親分に会うから、折半という約束を取り付けられたってことかい」

「まったくその通りです」

銀蔵はあきれたように首を振る。

「ですが吉松さん、気持ちのいい女でした。あそこまですっぱりものをいえる女はなかなかいません。五郎七親分も、気を悪くしていないようです。むしろ最後の別れができたことを喜んでいるようでした」

「そうかい。……面白いことがあるもんだ」

吉松はそういって、またくすくす笑った。

「面白いといえば変ですが、金三郎のことです。やはりやつは行方をくらましてます。今日、忠蔵親分に会いましたが、もう捜すのをあきらめた口ぶりでした」

「……やつはもう二度と深川には戻ってこないさ」

吉松は確信ありげにいってつづけた。

「もしもだ。やつが一家に戻ったとしても、あの件は黙っているしかない。万が一、おれたちを狙《ねら》うようなことがあっても、自分ではできないはずだ。だが、それも躊躇うだろう。やつは、小便漏らして泣き面で土下座したことを、決して知られたくない。

何といっても生き恥をかいたんだ。人に知られないためには、おれたちに関《かか》わらないのがもっとも賢明なことだ」

「人を雇うってことは……」

「ないはずだ」

あくまでも吉松は自信ありげにいう。

「人を雇うには金がかかる。いまのやつにはそんな金もないだろう。それに刺客選びも大変だ。いざとなったとき、その刺客がおれたちの口から、金三郎のことを聞いたらとんだお笑いぐさだ。馬鹿じゃなきゃ、そこまで考えているはずだ。てめえに置き換えてみりゃわかることだ」

いわれてみれば、そうかもしれないと、銀蔵も思った。

「まあ、やつのことは気にすることはないだろう」

吉松はのんびり煙管を吹かして、酒を飲んだ。

「それで、徳七というのはどんな野郎なんです？」

これは知りたかったことだ。答えたのは栄次だった。

「茂三郎一家では用心棒だった。用心棒といっても武芸の心得があるわけじゃない。簡単にいやあ、めっぽう喧嘩が強いってことかな。それも数知れずの喧嘩修羅場をくぐり抜けてきた猛者《もさ》だ」

「それじゃ油断できないんじゃ……」

「ああ油断ならねえさ。それに妙に小利口なところもある。茂三郎親分をなぜ裏切ったか、それはわからねえが、ともかくやつを許すわけにはいかねえ」

栄次は貝の佃煮《つくだに》を口のなかに放った。

「茂三郎一家にいた他の衆も、徳七のことは知ってるんですか？」

銀蔵は吉松を見た。

「知ってりゃ黙っちゃいないさ。だが、これはおれと栄次の仕事だ。他のやつに助を頼む気もない」

「なぜです？」

「人の口に戸は立てられないっていうだろう。昔の仲間が動き出したら、徳七もそれと察するはずだ。やつは一筋縄じゃいかない。親分の敵を討つつもりが、逆に返り討ちにあったら元も子もない」

銀蔵は目の前を流れる蚊遣りの煙を追った。

「……銀蔵」

吉松が声をかけた。銀蔵はゆっくり顔を上げた。

「何度もいうが、このことはおまえには関係のないことだ。下手なことは考えるな」

五

大川に注ぐ新川の河口、三ノ橋の欄干に手をついたまま、銀蔵はぼんやりした目を遠くに投げていた。

一ノ橋に向かって両岸に河岸場と蔵地が並んでいる。舟着場の荷舟には下《くだ》り酒が積み込まれ、江戸市中の酒問屋や酒屋に配達されてゆく。それと入れ違いに、大坂からやってきた菱垣廻船《ひがきかいせん》から荷を下ろした艀《はしけ》もやってくる。

舟人足や河岸場人足の誰もが、上半身裸の肌に汗を光らせていた。新川河岸の柳には蟬が張りつき、さかんに鳴いていた。

銀蔵は昨夜、吉松に釘《くぎ》を刺されたことを思い出していた。徳七のことは関係ないから、下手なことは考えるなといわれた。だが、考えずにはいられない。

栄次の話だと、徳七は数知れない喧嘩で腕を磨いた男だという。どれだけ強いのか、どれだけ恐ろしい男なのかわからないが、茂三郎一家で用心棒をしていたというから、一筋縄ではいかないはずだ。

吉松も栄次も気弱な面は見せないが、二人の目には決死の覚悟が感じられた。刺し違えても徳七を殺すつもりなのだ。だが、うまくいくという保証はなにもない。銀蔵は視界を切るように飛んでいった燕《つばめ》を追い、それから弧を描いている鳶《とんび》を眺めた。

徳七という男のことを知るべきではないか。吉松は手出し無用だというが、吉松にも栄次にも死なれては困るし、そんなことがあってはならない。

唇を嚙《か》んで視線を橋の下に向けた。日の光を弾く水面《みなも》に、自分の顔が映り込み揺れている。まるで自分の心中を表しているようだった。

欄干を強くつかんで、上野に行ってみようと思った。六阿弥陀の平十郎一家には、政次郎という男がいる。木更津から江戸にやってきたその日に会った男だ。

やはり、会おう。

銀蔵は意を決して橋を離れた。

上野という地にはあまり縁がなかったが、いざ来てみると、広小路は日本橋通町に劣らぬにぎわいがあった。表に面した商家も立派な店が多く、人出も芋を洗うようだ。

寛永寺《かんえいじ》に向かって広小路のなかほどに、右に折れる道があり、その小路を六阿弥陀横町といった。六阿弥陀詣《もうで》で第五番の常楽院長福寺の門前であるから、そのような名がついたと察せられる。

六阿弥陀の平十郎一家は、すぐには見つけられなかった。六阿弥陀横町には商家が並んでいるだけで、博徒一家らしい屋敷はなかった。見落としがあるのではないか、あるいは路地奥に居を構えているのではないかと思ったが、表通りから路地を入れば、市中の長屋と同じような建物しかない。

茶店に入って、それとなく聞いてみると、

「あの親分の家なら、代官橋のそばですよ」

と、茶店の亭主が教えてくれた。

代官橋は六阿弥陀横町から東に下った上野二丁目にあった。不忍池《しのばずのいけ》から流れる忍川《しのぶがわ》に架かる土橋だ。別名三枚橋とも呼び、幕府が管理をしていた。忍川は少し下って二方に分かれる。一方は三味線堀へ、もう一方は浅草新堀に落ちてゆく。

六阿弥陀の平十郎一家は、代官橋の手前に屋敷を構えていた。黒板塀《くろいたべい》で囲った落ち着いた佇《たたず》まいで、忍川を挟んだ東側には、徒組《かちぐみ》の与力同心屋敷が広がっていた。

さて、一家の屋敷は探しあてたが、のこのこ訪ねるわけにはいかない。何しろ江戸に出てきて三年の歳月が流れている。政次郎を知っているとはいえ、先方はぽっと出の田舎者を覚えているとはかぎらない。

銀蔵は平十郎一家から目と鼻の先にある蕎麦《そば》屋に腰をおろして、しばらく様子を見ることにした。

入れ込みの隅で、そばを食いながら格子窓から通りを眺めた。窓のそばには葦簀《よしず》がかけられており、朝顔の鉢植えが蔓《つる》を伸ばしていた。

道行く人々は様々だ。近くの奉公人であったり、行商人であったり、そして羽織袴《はおりはかま》の武士であったりする。風呂敷を抱え持って歩く女の姿を見て、銀蔵は、はっと息を呑んだ。だが、すぐに人違いだとわかった。

それでも姉の定に似ていると思った。あれから三年。手紙を書くといってあったが、約束は果たしていない。さぞや、待ちくたびれているであろう。いや、もうあきらめているか……。やさしかった姉の顔を瞼《まぶた》の裏に浮かべると、父や母の顔も、そして自害をしてしまった妹菊の顔も思いだされた。

一度、帰ってみようか……。

そんな思いに駆られるのは、何もいまだけではない。

だが、姉に似た女を見たことで、その思いが強くなった。近いうちに帰ろう。いまだ尻の据わらない暮らしをしている身だが、元気な姿を見せるのは悪くないはずだ。

いつしか銀蔵は故郷に思いを馳《は》せていた。幼いころに駆けまわった野や山が、そして木更津の海がつぎつぎと懐かしさを伴って胸に迫った。

そばをたいらげ、茶を飲んで一刻（二時間）あまり時間をつぶしたが、政次郎の姿を見ることはなかった。それに平十郎一家に出入りする人も見られなかった。

だんだん待つことに痺《しび》れを切らしはじめた。だが、店を変えようと、腰を上げかけたときだった。門口の引き戸が開き、三人の男が現れた。

一人は政次郎だった。涼しげで鋭い切れ長の目も、少し斜めに結った髷《まげ》も三年前と同じだった。連れの二人はわからないが、政次郎に対する物腰から子分とわかった。

銀蔵はすぐに勘定をすませ、店を出た。政次郎は渋い唐桟《とうざん》柄の着物に白足袋《たび》、雪駄履きである。二人の連れは少し後ろについて歩いていた。

政次郎は六阿弥陀横町から広小路に出た。尾《つ》けるようにあとを追う銀蔵は、この期に及んで、またもや昨夜の吉松の言葉を思い出した。

余計なお世話になるかもしれない。いらぬことかもしれない。だが、吉松と栄次の命に関わることではないか。敵を討つといっても、見事果たせるとはかぎらない。そんなことを知っておきながら、何もしないわけにはいかない。

政次郎は悠々と歩いている。町の者たちは、政次郎とその連れを見ると、腫《は》れ物に触るように道を開けた。見た目だけでなく、博徒独特の雰囲気は誤魔化しが利かない。

神田のほうに歩いていた政次郎は、広小路が切れるあたりで右に折れた。まっすぐ行けば湯島天神だ。銀蔵は足を速めて、政次郎に追いついた。

「もしや、政次郎さんではございませんか?」

思い切って声をかけると、政次郎と連れの二人が立ち止まって振り返った。

六

政次郎は銀蔵をよく見ようと、目をすがめた。

「どこかで見たような顔だな」

「三年前に一度お会いしています。……木更津の銀蔵と申しますが、お忘れでしょうか?」

「木更津の……銀蔵……」

政次郎はつぶやいてから遠くの空を見て、顔を戻した。久しぶりの再会だが、博徒としての貫禄《かんろく》が増したようだ。

「ひょっとして久作《きゅうさく》に喧嘩を売られたあの男か?」

「そうです。覚えておいででしたか」

銀蔵は嬉しそうに破顔した。

「なんだ、そうだったか。久しぶりだな。それにしちゃ、ずいぶん落ち着いた顔になったじゃねえか。いまは何をやってんだ?」

「新川の油屋で御用聞きをやらせてもらっております」

請人になっている遠州屋利兵衛のことを使わせてもらった。まさか半稼者とはいえない。

「そうかい、そりゃ何よりだ。こんなところで立ち話もなんだ。その辺でゆっくり話そうじゃないか」

「お邪魔じゃありませんか……」

「急ぎの用事があるわけじゃない。ついてきな」

政次郎は湯島天神下にある葦簀張りの茶屋に入った。夏は風通しのよいこういう店がいいのだと、気取りがない。

女中が冷や水を持ってくると、

「新川で働いているといったが、上野に用でもあったのか?」

政次郎は口許《くちもと》に親しげな笑みを浮かべた。

「今日は休みをもらいまして、その暇つぶしといいましょうか、ぶらっとやってきただけです。それで偶然、政次郎さんを見かけまして……」

「そうかい。これも何かの縁だろうが、真面目《まじめ》に働いているんだったら何よりだ。こいつはおれの若い衆で九助《きゅうすけ》という。こっちが伊左松《いさまつ》だ」

九助は目の大きな男で、伊左松は色が黒くて牛のように恰幅《かっぷく》のいい男だった。二人とも二十代半ばだろう。

銀蔵が挨拶《あいさつ》をすると、二人も無粋顔を保ったまま挨拶を返してきた。しばらく愚にもつかない世間話をした。昨年の暮れに吉原が焼けたことで、夜鷹《よたか》や舟饅頭《ふなまんじゅう》が増え、些細《ささい》な揉《も》め事が絶えないということだった。

女郎同士の諍《いさか》いもあるが、場所を提供する元締めや、また女郎を仕切る者のなかには仁義を切らずに、勝手に商売をはじめる始末の悪いのがいるらしい。

銀蔵はどうやって徳七の探りを入れようかと、政次郎の話を聞きながら思案をめぐらせていた。直截《ちょくせつ》に徳七のことを聞けば、疑《うたぐ》られるだろうし、のちのち面倒なことになる。

「……まあ、おれらのことを博徒と一言でいうのは容易《たやす》いが、それはそれで忙しいってわけだ。おとなしそうな真面目面《づら》していながら不了見なやつが多くてな」

「大変なんですね」

「しかたねえ。そういう面倒事がまわってきちまうから……」

言葉ほど政次郎は面倒だと思っていないようだ。むしろ揉め事の仲裁を楽しんでいるようにも取れる。

「そういったことは、おれが住んでいる新川にもあるようです」

銀蔵は話の糸口をつかんでそういった。

「そりゃそうだろう。上野や浅草界隈《かいわい》だけの話じゃすんでいないはずだ」

「同じような話を柳橋の船頭に聞いたことがあります。なんでも舟饅頭が商売の邪魔になっているようなことを。でも、うまいまとめ役がいて助かったとか……」

「ほう、そのまとめ役ってえのはやくざもんかい？」

政次郎は興味を示した。

「いまは足を洗ったそうですが、以前は浅草の茂三郎という親分の身内だったとかいっておりました」

「へえ、茂三郎一家の……誰だ？」

「さあ、名は聞きませんでしたので……」

「しかし、茂三郎一家はつぶれちまっていまはないんだ」

「そうなんですか」

銀蔵はさりげなくいって茶に口をつけた。

「誰がやったのかわからねえが、親分の茂三郎さんが闇討ちにあってな。一家を立て直す前に、万太郎《まんたろう》という親分が縄張りを預かったんだ。もっともその万太郎一家は、おれたちの一家と手を組んでいるが……」

政次郎は、徳七が茂三郎を殺したということを知らないようだ。

「博徒にもいろいろあるんですね」

銀蔵はしらばっくれて、感心顔をする。

「一家が違うからといって、いがみ合ってばかりじゃないさ。同じ商売を張る博徒でも、力を合わせることはめずらしくない」

「……そういえば、茂三郎一家にはめっぽう腕っ節の強い人がいると聞いたんですが……あれは……」

銀蔵はわざと考えるように視線を彷徨《さまよ》わせる。

「徳七じゃねえか」

「あ、そうです。そんな名でした」

「やつならいまはうちの一家だ」

「へえ、そうなんですか。で、そんなに強い人なんですか？」

「そんなことを聞いてどうする？」

政次郎の目が険しくなった。口許にあった笑みも消えていた。

「ただ、気になっただけです」

銀蔵はこれ以上深く詮索《せんさく》すれば疑われると思い、警戒した。すると、伊左松が口を挟んだ。

「兄貴、そろそろ行ったほうがいいんじゃありませんか」

「そうだな」

応じた政次郎は茶をあおって、

「銀蔵、またどこかで見かけたら遠慮いらねえから声をかけてくれ。今度は面白い話を聞かせてやるよ」

と、また最前の顔に戻り、楽しそうな笑みを浮かべた。

「へえ、そのときはよろしくお願いします」

政次郎と表で別れた銀蔵は、大きく息を吐いた。下手な芝居もあれまでだった。いい気になって芝居を打ちつづけたら、おそらく政次郎に見抜かれただろう。せめて、徳七がいつ帰ってくるか、それだけでも知りたかったのだが……。

銀蔵はあきらめて、上野をあとにするしかなかった。その帰り道で、政次郎には会ってはいけなかったかもしれないと、自分の浅はかさに舌打ちした。

徳七を調べるためには、同じ一家の者をあたればよいだろうという、安易な考えがいけなかった。自分のことをよく知らない者、さらには六阿弥陀の平十郎一家にもあまり関係のない者をあたるべきだと思い至った。

それじゃ誰にあたればよいか……。

遠くに目をやったとき、さっき政次郎が口にした男の名が頭に浮かんだ。

——親分の茂三郎さんが闇討ちにあってな。一家を立て直す前に、万太郎という親分が縄張りを預かったんだ。

政次郎はそんなことをいった。

万太郎一家……。どこを縄張りにしているのか知らないが、おそらく浅草界隈だろう。立ち止まった銀蔵は、浅草のほうに目をやった。

七

すでに日が落ちかけていた。

西の空を覆っている雲の切れ間から、光の束が伸びている。

銀蔵は浅草寺の入口である、風神雷門前に立っていた。広小路に軒をつらねる商店では、その日最後の追い込みとばかりに、売り子や呼び込みの奉公人たちが声を張り上げていた。笛や太鼓の音がそれに混じっている。

万太郎一家のことを聞き出すにはどうすればいいか？　歩きながらいくつか考えてみた。手っ取り早いのは、その町々で親分と呼ばれている岡っ引きに聞くこと、あるいは自身番を訪ねる、もしくは奥山に行って香具師《やし》に聞く。同じ博徒は避けたほうがいいと思っていた。

だが、岡っ引きは町奉行所の同心とつながっている。これからのことを考えれば避けたほうがいいだろう。自身番を訪ねても、詰めている町役連中が知っているとは限らないし、そこにも毎日のように町方が訪ねてくる。

自身番も控えたほうがいいだろうという結論に達した。残るは香具師であるが、これも下っ端では要領を得ないかもしれない。

それでも浅草寺境内に入って奥山に足を向けた。参道から本堂に向かって左側の地域が、奥山と呼ばれる盛り場だ。飴《あめ》や菓子の床見世《とこみせ》の他に、楊枝《ようじ》店、からくり屋、女相撲に子供相撲、狂言をやっている者がいれば、軽業を披露している者がいる。しゃがれた声で蝦蟇《がま》の油を売る男が、必死に客を集めていた。

芝居小屋や見世物小屋を眺めながら、誰か適当な者がいないかと目を光らせていたが、声をかけられるような者はいなかった。

境内を抜け土地の者が戸沢長屋と呼ぶ町屋に来たとき、一人の女が声をかけてきた。

「遊んでいかないかい……」

襟を抜いた女は白塗りをしており、婉然《えんぜん》とした笑みを浮かべ、秋波《しゅうは》を送ってくる。岡場所の女郎だ。

銀蔵が黙したまま、その女を見返すと、

「な、なんだよ」

と、急に顔をこわばらせた。

銀蔵はそのまま女の前を通り過ぎた。

その手があったかと思った。行くのは浅草阿部川町の岡場所だった。以前、栄次に連れられてきた店があった。その店の女はやけに裏の世界に詳しいようなことを口にした。名は忘れてしまったが、店ならわかる。

同町に奥大原と呼ばれる通りがある。何軒かの女郎屋があり、店の前に出した縁台に女たちが座っていた。案の定そばに行くと、餌《えさ》を探す猫のような目を向けてくる。

「遊んでいかないかい？」

決まった科白《せりふ》も飛んでくる。

銀蔵は三春屋という女郎屋に入った。暖簾をくぐると、帳場に座った年増《としま》の女将《おかみ》が、品定めするような目を向けてきた。

いらっしゃい、といって煙管の火を落とした。

「名指しの子がいれば、どうぞ遠慮なく……」

「名はわからないが……」

それじゃ、といっておかみは後ろの障子を、さっと開けた。その部屋ではきゃっきゃとはしゃぐ声がしたり、笑い声がしていたが、一瞬にして静かになった。四人の女がおり、銀蔵に視線を向けてきた。いきなり障子を開けられたので、女郎たちは真顔になっていたが、すぐに媚《こ》びを売る笑みを浮かべた。

銀蔵の知っている女はいなかった。

「ここで一番長いのは?」

「それなら雀《すずめ》だね」

女将がいうのに、一人の女がひょいと腰を上げた。雀という女だ。わたしでいいかいと、蓮《はす》っ葉《ぱ》なものいいをして、あんたみたいな人は好みだとも付け加える。

銀蔵は雀を部屋に案内させた。相部屋でなく、二階にある三畳一間の小部屋だった。障子窓を開けると、夕暮れた町が一望できた。さっきまでいた奥山と違い、静かだ。

「酒でもつける?」

「飲みたかったら遠慮なく飲むといい」

雀はもちろん遠慮しなかった。自分で酒を取りに行き、戻ってきた。盆には銚子《ちょうし》と、漬物と佃煮の肴《さかな》が載せられていた。雀は三十路《みそじ》過ぎの女だろう。目尻や鼻の両脇のしわに塗り込まれた白粉《おしろい》が浮き出していた。

「ここは長いそうだが……」

「かれこれ十年てとこかしら……」

「その前は何をしていた？」

雀はひょいと肩をすくめ、いろいろよとはぐらかし、畳んであった布団を延べた。

銀蔵は黙って見ていたが、

「今日は何もしなくていい」

そういうと、雀が驚いた顔を向けてくる。

「ただ休みたいだけなんだ。ここでのんびり酒でも飲みながら……」

銀蔵は「さあ」といって、雀に酌をしてやった。

「……いいのかい？」

「金はちゃんと払う」

雀はほっと安堵したように、吐息をついて、嬉しそうな笑みを浮かべた。

「あんた何しているの？　まだ、若そうだけど……」

「しがない御用聞きだ」

「へえ……」

銀蔵は舐《な》めるように酒を飲みながら、話の糸口を探った。

日の翳りが強くなったので、部屋が暗くなった。雀が行灯《あんどん》に火を入れた。庇《ひさし》に吊《つ》られた風鈴が、ちりんと風に鳴る。

「この町を仕切ってるのは誰なんだろうな……」

さりげなくいうと、雀がきょとんと首をかしげる。酒を飲んだせいで口の紅が落ちていた。「やくざってこと」と、つぶやく。

「やくざ……そうだな。やくざも町を仕切ってんだろうな。だったらどこの一家だろうか?」

銀蔵はうまく話を持っていけたと思った。

「このあたりはいろいろだよ。昔は茂三郎一家だったけど、いまは万太郎一家と巳之《みの》吉《きち》一家じゃないかね」

雀が団扇をあおぎながらさりげなくいった。

「茂三郎一家はどうしたんだい? 昔はといったが……」

銀蔵はさりげなくいって、沢庵《たくあん》を口に放り込んだ。

「茂三郎さんが殺されちまったから、万太郎一家が縄張りを預かったんだ」

「殺されたって……誰に？」

「そんなのわかりゃしないよ。町方も調べたらしいけど、相手がやくざじゃ調べもおざなりだったようだし」

「一家の親分ともなれば、用心棒の一人や二人いたんじゃないのか」

「いたよ。徳七って、そりゃおっかない男でさ。道で会うだけで足がすくみそうになるんだ。顔を見たら、くわばらくわばらってお祈りを上げるんだよ」

「そんなにおっかないのか？」

銀蔵は行灯の明かりに染められている雀を見つめた。

「他のやくざと違うね、あの男は……」

雀は銀蔵に酌をしながらつづける。

「にらまれただけで殺されるんじゃないかと思っちまうし、一度あの男が町の者を袋だたきにするのを見たけど、狂った獣だった。何でそうなったのか知らないけど、相手は半殺しの目にあって顔中血だらけで、そりゃひどいもんだった」

「……そんなやつには関わりたくないね」

「ああ、思い出しただけで身震いしちまうよ」

雀は本当に体を震わせた。しかし、徳七についてそれ以上のことを雀が知っているわけではなかった。

話は違う方向に飛んでしまい、銀蔵は相づちを打つだけになった。女郎の身の上話を聞いてもしかたがないので、半刻（一時間）ほどで引き上げて、夜の町に戻った。

雀の話を聞いているとき、また思ったことがあった。やはり、いまは徳七の動きを知るべきだと――。そう思った銀蔵は、再び六阿弥陀横町に足を向けた。

昼間は政次郎に会うことが目的だったが、今度は違う。また、政次郎に会わないようにしなければならなかった。

平十郎一家は昼間と違い、出入りの人間が目立った。人目につかない暗がりで様子を窺《うかが》っていた銀蔵は、三人連れの男が平十郎の家を出るのを見ると、そのあとを尾けた。三人連れは仕事に行くとは思えない。それに一人が酒を飲む真似《まね》をして笑ったので、行き先は飲み屋だと察しがついた。

案の定、三人連れは上野町一丁目にある居酒屋に入った。銀蔵も遅れて縄暖簾をくぐり、三人が座る入れ込みに上がり、そばに座った。酒をもらって、聞き耳を立てた。

男たちは女の話から、昨日行った賭場《とば》で負けたとか勝ったとか、そんなことに花を咲かせた。しかし、その話が落ち着くと、一家の誰それがこうだという身内話に移った。酒に酔った男たちの口は軽い。愚痴をいったり、陰口をたたいたりと、互いに傷の舐めあいだ。

「それはそうと徳七さんが旅から帰ってくるらしいぜ」

そんな話が出たのは、銀蔵が店に入って小半刻ほどたったころだった。銀蔵は掲げ持った盃を宙で止めた。

「上州への長旅だったようだが、いったい何の用で行ったんだ？」

「庄五郎《しょうごろう》さんの供をしただけだろう。挨拶めぐりだという話だが……」

あとの声は隣の酔客が大笑いしたので聞き取れなかった。

「……の話じゃ、明後日《あさって》には戻ってくるらしい」

銀蔵は目を光らせた。

「徳七はあれで気前のいい男だ。土産《みやげ》が楽しみだな」

男たちは低い笑い声を漏らした。

銀蔵は盃を持ったまま壁の一点を見つめていた。

徳七が明後日戻ってくる。

第六章　殺し屋

一

翌朝早く自宅長屋を出た銀蔵は、吉松の家に急いだ。

越前堀にも八丁堀にも薄い靄《もや》がかかっていたが、それもいつの間にか消え、吉松の家に着くころには、雲の間から朝日が射してきた。

長屋の連中はすでに起きており、厠《かわや》や井戸を使っていた。路地を駆ける子供がいれば、早くも道具箱を担いで長屋を出て行く職人もいる。

江戸市民は夜が明けるのが早ければ、それに合わせて起き、日が早く没すれば仕事を切り上げるといった具合だ。日々の暮らしは、日の出日の入りに合わせて行われる。

吉松もすでに起きており、浴衣《ゆかた》姿で裏庭の鉢植えに水をやっているところだった。

戸口前で声をかけると、吉松が顔を振り向けて、なんだ早いじゃないかといった。

「ま、上がりな。いま茶を淹《い》れようとしていたところだ」

竈《かまど》にかかった鉄瓶が湯気を立てていた。

居間に上がり込んだ銀蔵は、煙草《タバコ》盆の前で待った。簾《すだれ》の横にある朝顔が、大きな花弁を開いていた。

「今朝は涼しいな」

吉松が茶を淹れながらいう。

「いつもこうだといいんですが……それじゃ、遠慮なく」

銀蔵は淹れ立ての茶をすすった。

吉松は煙管《キセル》に刻みを詰めて、のんびり吹かした。

「そろそろ月晦日《みそか》も近い。今月は佃島で盆を張ることになっているが、おれは中盆を預かった。荷が重いが、親分のいいつけだ」

吉松はのんびりしたことをいう。

中盆は開帳場を仕切り、客の世話を焼かなければならない。もっとも盆の大きさによって、その役目は変わるが、実質的にはその場の支配人といっていいだろう。

吉松は煙草を呑《の》みながら、晦日には佃島の住吉社で夏越《なご》しの祓《はら》いをやって、島の漁師だけでなく、近在の親分衆や名代も客として呼ぶことになっていると話した。

「花会の場が島だから、渡し舟の支度もあるし、何かと忙しくなってきた。中盆を受けた手前、落ち度があってはならねえから気が抜けない。できればおまえにも手伝ってもらいたいが……まあ、それはいわないことにしておこう」

吉松は徳七のことはおくびにも出さない。そんなことはもう忘れたというような顔だ。それとも、銀蔵に気を使っているのかもしれない。

「……金三郎はどうやって、茂三郎親分を殺したのが、徳七だって知ったんでしょうね」

銀蔵が話の腰を折っても、吉松は口許《くちもと》に笑みを浮かべたままだった。

「さあ、それはおれも気にかかるところだが、あのとき聞きそびれちまったからな。それに、これから金三郎を捜すというわけにもいかねえ」

「徳七が下手人じゃないってことを考えたりしませんか？」

「そりゃ本人に聞けばわかることだ」

吉松はまるで他人事《ひとごと》のようにいって茶を飲んだ。

「旅に出ている徳七がいつ帰ってくるかもわからないんですよ」

「おい、銀蔵。もうその話はいい。おまえには関《かか》わりのないことだ。何べんいやぁわかるんだ」

なるほど、もう徳七の動きはわかっているというわけだ。銀蔵は湯呑みのなかの茶柱を見つめた。

「……どうしてもやるんですか？」

「もうやめろ。それ以上いえば本気で怒るぜ」

吉松は目に力を入れて銀蔵をにらんだ。

だが、それもほんの束《つか》の間《ま》のことで、話をもとに戻した。

「今度の盆はどうしても成功させなきゃならない。客としてやってくる親分衆や名代の数によって、五郎七親分の力が試される。ま、それはあっちこっちへ出向いて挨拶《あいさつ》しているやつらにまかせてあるが、盆を預かるおれはいざこざを起こさせちゃならないから、気が休まらねえ。揉《も》め事でも起きりゃ親分に恥をかかせることになる。それだけは勘弁願いたいもんだ」

「……大変ですね」

「用心棒になるか……？」

吉松がじっと見つめてきた。

銀蔵はするりと視線を外して、煙草入れを出した。盆には親分衆が連れてくる子分がいる。当然酒が振る舞われるので、血気盛んな若い連中は何をするかわからない。そんなとき仲裁をするのが、腕っ節の強い用心棒だ。もちろん、吉松はそんな人間を賭場《とば》に張りつかせるだろうが、もっと人手がほしいのかもしれない。

「考えてみますが、どうしてもと吉松さんがおっしゃるなら……」

「そうか。それじゃ少し考えておこう」

吉松はそういって、すっくと立ち上がった。

「今日は晦日の盆のことで何かと忙しい。ほんとに助がいるようだったら頼むかもしれねえから、そのつもりでいてくれ」

吉松は浴衣を脱ぎ捨てて着替えにかかった。銀蔵は残りの茶をゆっくり飲んだ。表で子供たちの声がしていた。

「銀蔵」

吉松が帯を締めながらいった。

「はい」

「もう、あのことは忘れろ。おまえが頭を悩ませることじゃない」

「…………」

「人のことより、自分のことを考えるんだ」

銀蔵は畳の目に視線を落とした。

着替えを終えた吉松は、そんな銀蔵にはかまわず、突き放すようなことをいった。

「出かける。また遊びに来な」

二

長屋の表までいっしょに出た。

すでに日が昇っており、蟬《せみ》の声が高くなっていた。

吉松は言葉どおり五郎七の家に行くようだ。銀蔵に軽く声をかけると、そのまままっすぐ鉄砲洲のほうへ歩いていった。往来に佇《たたず》んで見送る銀蔵は、姿の見えない栄次のことを気にした。やつは徳七を探っているのかもしれない。しかし、吉松はすでに徳七がいつ帰ってくるか知っているようだった。

徳七の帰りは明日だ。銀蔵は勝手に高まる胸騒ぎを抑えることができなかった。吉松を追いかけるように足を進めた。

だが、吉松はちゃんと五郎七の家に消えていった。それを見届けた銀蔵は所在なげにあたりを見まわし、汗のにじんだ首筋を手のひらでぬぐった。

しばらく行くあてを失ったように立ち止まっていたが、十軒町の千鳥に向かった。湊河岸から出て行く舟が見られたが、もうこれは遅い舟だ。漁師舟の多くは夜明け前に、沖に出て漁をはじめている。

白波の打ち寄せる浜の先に、佃島が見える。海はいつものように輝きを放ち、穏やかな波を立てていた。

千鳥に近づくと、表に出した縁台を整えていた喜兵衛が銀蔵に気づいて腰を上げた。

「これは銀蔵さん、今日も暑くなりそうだね」

「ええ、ですが暑さはこれからでしょう」

「まあ、そうでしょうが……それにしても今日は早いじゃないですか」

「ちょっとそばまで用事がありましたので……体のほうはどうです？」

「何だか知らないが、ころっとよくなっちまいましてね。見てのとおりですよ」

「それは何よりです」

「おしず、銀蔵さんが見えたぞ」

頼みもしないのに、喜兵衛は勝手に店の奥に向かって声を張った。すぐに奥の板場にいたおしずが下駄音をさせて駆けてきた。

「早いですね」

そういうおしずの目は、嬉《うれ》しそうに笑っている。いつものえくぼも同じだ。

「近所に来たんで、ちょいと顔を出しておこうと思ってね」

「今日はおいしいあんみつがありますよ。銀蔵さん、食べない？」

「それじゃもらおうか」

朝飯抜きだったので、代わりにしようと思った。

店のなかの縁台に腰をおろして表を眺めた。

海沿いの道は人通りが少ない。表は徐々に暑さを増しているようだ。日陰の店のなかには、浮いた汗を抑える潮風がほどよく流れていた。

日盛りの表をぼんやり眺めていると、あんみつを運んできたおしずといっしょに、養母のおこうもやってきた。店に客はまだ一人もいなかった。

「銀蔵さん、おしずが花火を楽しみにしているんですよ。銀蔵さんに連れて行ってもらうんだって」

おこうが福々しい顔でいう。おしずは照れたようにうつむいた。

「そうだったな」

銀蔵はあんみつをすすった。

「今日は天気もいいし、きれいな花火が見られるんじゃないかしら。ねえ、おしず」

どうやらおこうは焚《た》きつけているようだ。

「それじゃ今夜でも花火見物に行ってみようか」

銀蔵がいってやると、おしずが顔を輝かせた。

「いいんですか？　急なのに……」

「別に急ぐような用事もないし、かまわないよ」

「ほんとに……」

「大花火が打ち上げられるかどうかわからないが、行ってみようじゃないか」

「おとっつぁん、おっかさん、いいかしら？」

おしずは嬉しさを隠しきれない顔で、喜兵衛とおこうを見た。

「銀蔵さんがそういってくださるんだ。いいじゃないか、行っておいで」

おこうが答えて、よろしくお願いしますと銀蔵に頭を下げた。

「それじゃどこで待ち合わせしようか？」

「どこでもいいです。銀蔵さんがおっしゃるところに出かけていきます」

銀蔵はしばらく考えてから答えた。

「それじゃ湊橋のたもとはどうだろう」

「わかりました。何刻《どき》に行けばいいかしら？」

「日が暮れてからじゃ遅いから、暮れ六つ（午後六時）にしよう」

三

銀蔵は約束の時刻より早く湊橋に行ったが、おしずはすでに橋の上で待っていた。大きな花柄の浴衣に紫の帯をして、銀蔵の姿を認めるなり、嬉しそうに微笑《ほほえ》んだ。

「なんだ、早いじゃないか」

「銀蔵さんを待たせちゃ悪いでしょ」

そういうおしずは照れくさそうにうつむく。

「それなら先に飯でも食うか」

「ええ」

「何がいい？」

「何でもいいです。銀蔵さんの食べたいもので……わたし、好き嫌いないから」

それなら少し歩こうといって橋を渡った。

行徳河岸《ぎょうとくがし》からそのまま川沿いの道を歩き、中洲を横目に見やりながら大川端まで出た。落ち合ったときは、まだ日があったが、薬研堀《やげんぼり》に着いたころにはまたたく星を見るようになっていた。

大橋の西詰めに近い元柳橋に手ごろな料理屋があったので、銀蔵はそこで鮎《あゆ》の塩焼

き と酒をたのんだ。おしずも少しだけ付き合う。

会ってからというもの、会話はあまりつづかない。銀蔵はおしずが聞くことに答えるだけで、それも端的でしかない。

「銀蔵さん、何か悩み事でもあるんですか?」

おしずがたまりかねたように聞いたのは、一合の酒を空けたときだった。

「いや、そんなことはない。だけど、すまないね。いろいろ考えなきゃいけないことがあって、うっかりそんなことが頭をよぎったりするんだ」

「人は考える生き物だといいますから……さ、どうぞ」

おしずが酌をしてくれる。銚子《ちょうし》を持つ手は、白くてきれいだった。指も長いし、爪《つめ》は桜色をしていた。

「あまり食べないが、腹は空《す》いていないのか?」

「ううん、大丈夫です。それより銀蔵さん、他に何か頼む?」

おしずが、くるっと、いまだにあどけない目を大きくしたとき、どーん、と腹に響く音が夜空に広がった。

二人は同時に表を見た。にわかに空が明るくなった。

「花火がはじまったようだ。行ってみようか」

「ええ」

勘定をして表に出ると、おしずが用意していた折り畳みの提灯《ちょうちん》に火を入れようとした。

「おしずちゃん、提灯はいらないよ。星明かりもあるし、足許は見える」

銀蔵に諭《さと》されたおしずは、素直に提灯をしまった。

川端には料亭や船宿が設けた桟敷席があり、客はそれほど込んではいない。それでも二人は、川端に腰をおろして花火見物をすることにした。

川中に打ち上げ用の舟があり、見物客を乗せた屋形舟や屋根舟が浮かんでいた。その近くを酒や肴《さかな》、あるいは玩具《おもちゃ》花火を売る小さなうろ舟が、動きまわっていた。

花火は毎晩あるのではなく、鍵屋に勧進元がついたときだけ、打ち上げられる。その数も大きさも、勧進元で決まる。

川端に座っていると、夜風が気持ちよかった。足許から這《は》い上ってくる草いきれも妙に懐かしかった。おしずは花火が打ち上げられるたびに、感嘆の声を上げたり、ため息を漏らしたりした。しだれ柳に牡丹《ぼたん》に菊、尾を引く流星などが主で、打ち上げ花火は、はるか大橋の上で開花して、ぱちぱちと火の粉を散らしながら闇《やみ》に溶けていった。

銀蔵も無心になって花火を見、感激してはしゃぐおしずの横顔を見たりした。ほんとに素直で、真正直で汚れのないうぶな女だ。銀蔵は好いた惚《ほ》れたという感情を抱いてはいないが、おしずがそうでないことはわかっていた。

このまま蛇の生殺しをするような付き合いはいけないと思う。昼間は吉松のことが気になっていたが、いまはおしずと自分のことに考えをめぐらせていた。しかし、ふと醒《さ》めた感情になったりもし、そんなときは吉松が狙《ねら》う徳七が江戸に戻ってくるということを思い出した。

吉松は徳七が明日戻ってくるのを知っているようだ。すると、明日行動を起こすに違いない。徳七がどんな男か、まだよくわかっていないが、ただ者でないということはたしかだ。吉松と栄次で決着がつけられるだろうか……。

銀蔵は空に広がる花火を見ながらそんなことを考えていた。明日はあの二人を見張って、自分もあとを追ってみよう。いざとなったら体を張るしかない。

心を決めると、隣にいるおしずが不憫《ふびん》に思われた。自分は、明日どうなるかわからない。ひょっとしたら、命を失うかもしれないという悲壮感が胸にわいた。

周囲では花火が打ち上がるたびに、歓声やどよめきが起きていた。

江戸にある花火屋は鍵屋だけだが、「かぎやー!」のかけ声に「たまやー!」のかけ声も混じった。おしずもまわりに合わせて、無邪気に声を張っていた。

しかし、それも花火終演を告げる太鼓の音で幕を閉じた。まわりには風に流されてくる硝煙の匂《にお》いが立ち込めていた。

見物客がぞろぞろと引き上げると、銀蔵とおしずも人の流れに合わせて歩いた。みんな見たばかりの花火のことを話していた。

おしずもさかんに楽しい花火が見られてよかったと話しかけてきた。

「手筒花火を持つ花火師は裸だったけれど、火傷《やけど》しないのかしら」

「あれが職人の見せ場なんだろう。少々の火傷ぐらい何とも思っていないはずだ」

「でも、花火って遠くから見るより、そばから見たほうがいいわね。おとっつぁんもおっかさんも、話して聞かせたらきっと羨《うらや》ましがるわ」

薬研堀の町屋を抜け、久松町から富沢町に入った。どこからともなく三味線ののどかな音が聞こえてきた。商家の軒先に吊《つる》された風鈴の音がそれに混じった。

花火の喧噪《けんそう》はすっかり遠退《とおの》き、静かな夜の華やぎが感じられた。二人は堀江町を過ぎ、江戸橋を渡った。銀蔵が提灯を持ち、おしずの足許を照らしていた。

「おしずちゃん……」

銀蔵は歩きながら声をかけた。

「はい」

「来年はおれみたいな男じゃなくて、いい人と花火を見られるようになっているといいな」

傷つけてしまうことはわかっていた。だが、いまいうべきことをいっておかないと、おしずの傷はもっと深くなるだろう。傷は浅いほうがいい。

「千鳥の親爺《おやじ》さんと女将《おかみ》さんを安心させてやるのは悪くない」

案の定、おしずは黙り込んだ。

「……あまりおれにこだわるな。おれだって鈍感じゃない。おしずちゃんの気持ちは、わかっているつもりだ。だけど、おしずちゃんにはもっと相応《ふさわ》しい男がいるはずだ」

「…………」

おしずは黙したまま歩きつづけた。いつもの明るい表情でなく、足許を見つめるその顔は暗く沈んでいた。

銀蔵は酷《こく》なことを話しているとわかっている。それでもおしずのためを思えばいわずにおれない。さらに、おしずの期待に応《こた》えることができないのもわかっていた。

「おしずちゃんはもっと幸せにならなきゃ。幸せをつかめるいい女なんだから」

いきなり、おしずの足が止まった。

「意地悪。銀蔵さんの意地悪」

その目から大粒の涙がこぼれ落ちた。

「こんなときに何もいわなくてもいいでしょうに。悩んでいたのは、そんなことだったの。それじゃずいぶんちっぽけな悩みだったんですね」

今度は銀蔵が黙り込む番だった。

「銀蔵さん、考え事ばかりして。花火も上《うわ》の空で、他のこと考えていた。それでもわたしは我慢していたんですよ。無理して付き合わせて申しわけなかったかなと、心のなかで苦しんでいたんですよ」

「……すまない」

「もういいです。わかりました」

おしずは涙を指先でぬぐうと、背を向けた。それから数歩進んで、また振り返った。

「でも、今夜は嬉しかった。楽しかった……ありがとうございました」

おしずはちょこんとお辞儀をして駆け去った。

「……おしずちゃん」

銀蔵は追いかけて、おしずの手をつかんだ。

「謝る。正直悩んでいることがある。だが、それはいえないんだ。そんなときに誘って悪かった。だが、今夜でなきゃ、つぎはないと思ったんだ」

「……つぎは、ないって……どういうことです？」

おしずは涙目を瞠《みは》った。銀蔵はそれはいえないと首を振った。おしずはさもむなしそうに、大きく息を吸って吐いた。

「ともかく、おれはおしずちゃんの気持ちを弄《もてあそ》びたくないだけなんだ。それだけでもわかってくれ」

おしずは手を握られたまま、長々と銀蔵を見つめ返した。その間にも提灯の明かりを受けて光る涙が頬《ほお》をつたいつづけた。

「銀蔵さん」

おしずはぐすっと洟《はな》をすすって、言葉を足した。

「……これからも、店にお寄りくださいね」

涙声でいったおしずは、一生懸命作り笑いをした。銀蔵はそのやさしさに胸をつかれた。熱いものが込み上げてきたが、ぐっと我慢した。

「ああ、寄らせてもらうよ」

銀蔵はおしずに提灯を持たせた。

送っていくと行ったが、おしずは首を振って拒んだ。

「それじゃ、さようなら」

もう一度深く辞儀をしたおしずは、そのまま逃げるように去って行った。すまないと、心の内でつぶやいた銀蔵は、深々と頭を下げるしかなかった。

四

粗末な戸障子の隙間《すきま》に、朝の光が見えるようになり、鳥と蝉の声が次第にわきはじめた。夜具を抜けた銀蔵は、そのまま井戸端に行って、清涼な空気を胸いっぱい吸い込んで、顔を洗った。

朝の風は涼しく、肌寒いくらいだった。実際、空は曇っている。洗面のついでにうがいをして、家に戻った。浴衣を脱ぎ捨て、腹に晒《さらし》をきつく、しっかり巻いてゆく。いざというときに、これで少しは体を守ることができる。

晒を巻き終わると、普段着を羽織り、帯を締め、脇差しを差した。

はっと息を吐き、部屋のなかをひと眺めして家を出た。今日にかぎっては、雪駄でなく動きやすい草鞋《わらじ》だった。

表はまだ薄暗く、朝靄に包まれていた。納豆と豆腐屋の棒手振《ぼてふり》とすれ違ったぐらいで、人の姿は見かけなかった。越前堀の水面《みなも》をかすめるように燕《つばめ》が飛んでいった。

吉松の長屋に入ると、一度吉松の家の前を素通りした。留守でないことは、表からでも気配で感じることができた。

長屋を出ると、木戸口を見張れる履物屋の軒先に身を寄せた。日の光は厚い雲の向こうにあり、江戸の空は鼠色《ねずみ》をした雲にすっぽり包まれていた。それでも刻がたつごとに、人通りが増えて、あちこちの戸が開けられた。

小半刻（三十分）もすると、長屋の木戸口から吐き出されるように人が出てきた。職人であったり、どこかの商家の奉公人だったりする。浪人のなりをした貧乏侍もそれに混じる。商家の表口に暖簾《のれん》や看板が掲げられる。小さな茶店には、竿《さお》の先に吊した手拭《てぬぐ》い暖簾が下げられ、葦簀《よしず》が立てかけられた。

銀蔵は店を開けたばかりの茶店に移った。そこからでも吉松の長屋の出入口は見ることができた。緋《ひ》毛氈《もうせん》の敷き直された縁台に腰をおろすと、にぎり飯を注文した。

銀蔵は普段のように町の風景など気にも留めなかった。その目はただひたすら、吉松と栄次の姿をとらえるためだけにあるのだった。

朝五つ（午前八時）の鐘が鳴って間もなく、栄次が通りに現れた。そのまま吉松の長屋に吸い込まれてゆく。銀蔵は勘定といっしょに心付けを置いて茶店を離れ、吉松の長屋の裏にまわった。細い猫道に体を斜めにしてねじ込み様子を窺《うかが》った。ぐずる赤ん坊の泣き声と、それをあやす女房の声が、薄い板壁越しに聞かれた。

吉松が栄次を伴って長屋を出たのは、それからすぐだった。いつもと変わらない姿だ。栄次も同じだった。だが、懐に匕首《あいくち》を呑んでいるのが、遠目にもわかった。

やはり、吉松は徳七の帰りを知っていたのだ。銀蔵は二人のあとを尾《つ》けた。まず向かったのは五郎七の家だった。しかし、長居はせずすぐに表門から出て、河岸道に戻った。

吉松と栄次は八丁堀を抜け、日本橋から八ッ小路に向かった。そのまままっすぐ行けば上野だ。尾ける銀蔵はやはりそうなのだと確信した。

相変わらずの曇り空である。そのせいで町全体がくすんだように見える。町屋の軒先には燕の巣が目立つ。

吉松と栄次は急ぎ足ではなかった。筋違橋《すじかいばし》を渡ると神田仲町の茶店で一休みした。のんびり茶を飲み、煙草を吹かす。二人ともあまり言葉は交わさなかった。

遠くで見張っている銀蔵は、いっそのこと声をかけようかと思ったが、すんでのところで踏みとどまった。声をかけたところで、吉松が何というか、予測するまでもない。辛抱強く見守るしかない。

二人は小半刻ほどで茶店をあとにした。そのまま上野広小路に出ると、雑踏にまぎ

れた。危うく見失いそうになったが、吉松と栄次は不忍池のほうに折れた。それから
また暇をつぶすように、広小路を流し歩いたのち、下谷御数寄屋町の小さな旅籠《はたご》に入
った。

銀蔵は立ち止まってあたりを見た。同じ旅籠に入るわけにはいかない。隣り合うよ
うに小さな旅籠があった。おそらく行商人や、お上りの旅人をあてにした旅籠だろう。

二人が入った旅籠は小田屋といった。その向かい側に小さな饂飩屋《うどんや》があった。

「しばらく長居をすることになるかもしれないので頼む」

店の隅、表が見える窓際に腰を据え、やってきた大年増《おおどしま》の女将に心付けを渡した。

「お待ち合わせですか？」

心付けに気をよくした女将が、注文のうどんを運んできて声をかける。

「ちょいとね」

にやけたような笑みを浮かべてみせると、

「お客さんはまだお若いから結構なことです」

と、わけ知り顔で微笑む。

半刻また半刻と過ぎた。昼時分になると店が混んできた。空は相変わらずの曇り空
だ。かといって雨の降る気配はない。

銀蔵は二杯目のうどんを腹に収めた。吉松と栄次の動く気配はない。しかし、寛永寺の鐘が昼八つ（午後二時）を知らせてすぐ、栄次が表に現れた。吉松の姿はない。

銀蔵はどうしようか迷った。だが、吉松が姿を見せないということは、また栄次は戻ってくるということだ。……待つことにした。

小田屋の玄関先と、屋根の先に浮かぶ空を交互に見ながら、もし無事にことがすんだら、一度木更津に帰ろうと思った。

こんなことがこれから先もつづくような気がしてならない。人間の持った本能なのか、単なる思い込みなのかわからないが、そんな気がする。だったら命あるうちに、もう一度家族の顔を拝んでおきたい。

銀蔵は拳《こぶし》を結んで開いた。節くれだった手をしているが、剣術に励んでいたころは、もっとごつごつしていた。いまは木刀を握って作ったタコも消えている。頼りない手になってしまったと、唇を引き結んだ。

道場に通っていたころが懐かしかった。友達も多かった。みんなどうしているのだろうか？　やつらにも会いたいものだ。だが、もうそれは許されない。自分は久離《きゅうり》を認められ、故郷を捨てているのだ。

栄次は半刻ほどして小田屋に戻ってきた。

「お連れの方はずいぶん見えませんね」

女将が気の毒そうな顔をして茶を差し替えてくれた。

「用事が終わらないんでしょう。気にしないでください」

銀蔵は丁重な言葉を返した。

それからまた半刻ほどして、栄次が小田屋を出ていった。今度は小半刻もせず戻ってきた。銀蔵は何をしているのだと思案をめぐらす。おそらく徳七の帰りをたしかめに行っているのだろう。

曇り空のせいか、七つ半（午後五時）近くになると、もう夕暮れの暗さになった。小田屋の行灯《あんどん》に火が入れられると、他の店もそれにならうように行灯や提灯を点《とも》していった。

七つ半の鐘が聞こえた。吉松と栄次が揃《そろ》って小田屋の表に姿を現したのは、それからすぐだった。二人は広小路のほうに向かった。それも急ぎ足だ。おそらく徳七が帰ってきたに違いない。

銀蔵も二人を追うように、腰を上げて饂飩屋を出た。

五

そこは上野広小路から東へ一本の細道を入った、上野一丁目にある場末の居酒屋だった。付近にはその類《たぐい》の店がひしめいており、まだ宵の口とあってにぎやかな空気が漂っていた。目と鼻の先に、火の見櫓《やぐら》を備えた自身番があり、風入れのため腰高障子が開けてあった。膝隠《ひざかく》しの向こうに詰めている町役の姿がある。

吉松と栄次が見張っているのは、大福という店だ。客が出入りするたびに縄暖簾が大きく揺れ、騒がしい店内が垣間《かいま》見《み》えた。

大福に徳七がいるのは明らかだった。銀蔵は顔をたしかめておきたかった。吉松と栄次に気取られないように、店の裏に回り込んでみたが、店内を見ることはできなかった。

吉松と栄次は小さな飲み屋にいる。店内と表に簡素な縁台を置いただけで、客をもてなす店だ。二人は立てかけられた葦簀に隠れるようにして、大福に注意の目を注いでいる。銚子が二本置かれているが、その酒は減っていない。

銀蔵はその飲屋街の入口にある商家の軒下で、人を待っているふりをしていた。そばに天水桶《てんすいおけ》があり、背中を壁に預けていた。

連れだって飲屋街の路地に入っていく者がいれば、早くも千鳥足で路地を出ていく職人風の男もいる。笑い声と酔客の声が路地にはさんざめいていた。
新しく大福から出てきた客を見て、吉松と栄次が顔を伏せた。そっと葦簀の陰に隠れるように身を寄せもする。銀蔵は出てきた客に目を光らせた。

男は三人いた。そのうち二人は振り分け荷物を肩にかけている。銀蔵は平十郎一家の子分が話していた言葉を思い出した。

――上州への長旅だったようだが、いったい何の用で行ったんだ？

――庄五郎さんの供をしただけだろう。挨拶めぐりだという話だが……。

つまり、振り分け荷物を持っている男が、徳七と庄五郎と考えていい。草鞋履きに脚絆《きゃはん》という出《い》で立ちも旅姿のままだ。

一人は背が高く、もう一人は小柄だ。顔はよく見えないが、素振りで小柄なほうが徳七と思われた。やがて、二人は仲間の一人に辞儀をされて路地を抜けてきた。吉松と栄次が背を向けるようにする。

銀蔵は天水桶の陰で、路地から出てくる男を凝視した。やはり小柄のほうが徳七のようだ。提灯と店の明かりに、その顔が浮かんだ。唇の片方が引きつれたようにめくれ、鼻がひしゃげている。黒光りのする額の下にある目は、小粒だが異様な禍々《まがまが》しさがあった。

徳七と庄五郎は表通りに出ると、しばらく行ったところで右と左に別れた。その前に吉松と栄次が、銀蔵のすぐそばを急ぎ足で過ぎていった。

徳七は広小路を横切ると、町屋の路地をそのまま抜けてゆく。そのあとを吉松と栄次が尾ける。さらにその後ろに銀蔵がついた。

徳七は池之端《いけのはた》仲町の南側に出ると、そのまま道なりに歩いた。町屋は提灯の明かりもいらなかったが、しばらく行くと越後高田藩榊原家の中屋敷の長塀がつづく。右側は町屋だが、裏通りなので閑散としている。

徳七は小さなぶら提灯を下げている。長旅だったのだろうが、足取りにその疲れは感じられなかった。

銀蔵は吉松と栄次に気づかれないように、暗がりをうまく使って尾行した。

まだ夜ははじまったばかりで、人通りがすっかり絶えているわけではない。徳七は榊原家の屋敷塀の角を左に折れた。その先は無縁坂という寂しい通りだ。榊原家の塀の他は、土産物屋や菓子屋などの小店が並ぶ講安寺の門前町があるにすぎない。それに、参詣客《さんけい》をあてにするどの店も、すでに戸を閉めていた。

しばらくして吉松が足を急がせた。栄次がそれにつづく。

吉松が徳七に声をかけた。

坂の途中で徳七が振り返った。銀蔵は暗がりに身をひそめて成り行きを見守った。

寺の境内で犬の吠《ほ》え声がして、鴉《からす》が短く鳴いた。

提灯を掲げた徳七が、吉松と栄次に気づいた。

「何だ吉松さんじゃないですか。いったいこんなとこでどうしたんです？」

「そこを通りかかったら、おまえじゃないかと思ったんだ。やはり、そうだったか」

吉松は徳七との間合いを詰めながら言葉を足す。

「旅のなりをしているが、どうした？」

「へへ、ちょいと稼ぎ旅に行ってきたんですよ」

徳七の腰には長脇差しがある。吉松と栄次は匕首しか持っていない。徳七に刀を抜かれたら不利だ。銀蔵は緊張を募らせ脇差しの柄《つか》をつかんだ。

「平十郎一家にいるらしいな」

「吉松さんは鉄砲洲に移ったと聞いてますぜ」

「ちょいと聞きたいことがある。茂三郎親分を殺《や》ったやつを知ってるだろ」

「何で今ごろそんなことを……」

徳七が警戒するのがわかった。銀蔵は脇差しの柄を持つ手に力を入れた。

「おめえがやったと聞いたんだ」

「……なんですって？」

といった徳七がいきなり、肩の振り分け荷物を横殴りに振った。荷物は吉松の頬を打ち、壊れ飛んだ。同時に徳七は提灯を投げ、刀を抜こうとした。

「てめえッ」

短い声を発して、栄次が徳七に飛びかかり、地面に押し倒した。そのまま揉み合いになったが、どうなっているのか銀蔵にはわからない。吉松が匕首を抜くのがわかった。

うなるような声を発しながら徳七と栄次がつかみ合っている。銀蔵は助太刀《すけだち》に行こうと思った。と、そのとき背後に提灯の明かりが現れた。

とっさにそっちを見ると、羽織袴姿の一人の侍だった。

「おい、何を騒いでいる」

侍が声をかけて駆け出そうとした。騒ぎが大きくなってはまずい。銀蔵は侍の前に立ち塞《ふさ》がった。ぎょっとした顔が提灯の明かりに浮かんだ。間髪を容《い》れず、銀蔵は侍の腹に拳をたたき込んだ。体が二つに折れたところで、後頭部に手刀を見舞ってやった。

侍は提灯を手から落として、そのまま大地に倒れた。振り返ったとき、吉松が栄次と徳七を引き剝《は》がそうとしていた。

銀蔵はかまうことなく、三人のもとに駆け寄った。

「吉松さん、栄次」

声に吉松が振り返り、

「何だおまえ……」

と驚いたが、すぐに顔をもとに戻した。徳七の提灯がそばで燃えていた。

「誰に頼まれての仕業だった？　いえ」

徳七はぜえぜえと、荒い息をしている。栄次がゆっくり離れて尻餅《しりもち》をついた。脇腹を押さえ、顔をしかめた。

「いえ、誰だ？　平十郎か、それとも万太郎か？」

吉松は徳七の胸ぐらをつかんで聞く。

徳七のそばには長脇差しと匕首が転がっていた。どちらも血に濡《ぬ》れて、提灯の明かりを照り返していた。

徳七はぴくぴくと頰を引きつらせながら、声をしぼり出した。

「だ、誰に頼まれたわけじゃねえ」

「それじゃ何で？」

「……気に、食わなかっただけだ」

「てめえ」

歯軋《はぎし》りをするように声を漏らした吉松は、徳七の首を絞めた。てめえ、てめえと何度も罵《ののし》った。と、突然、吉松の体が後ろに吹っ飛んだ。

徳七に蹴《け》られたのだ。銀蔵は身構えて、徳七に反撃しようとした。だが、徳七は大の字になったまま、大きく胸を波打たせ、口からごぼごぼと血を吐いた。起き上がった吉松が徳七に飛びかかろうとしたが、銀蔵が抱くようにして止めた。

「もう、いいでしょう」

銀蔵がそういったとき、徳七は顔をゆっくり横に倒して息絶えた。吉松は激しく肩を上下させながら、徳七の死をたしかめた。それから栄次を振り返った。

「大丈夫か……？」

「かすり傷ですよ。たいしたことないです」

栄次は強がったが、脇腹のあたりが血にまみれていた。

「歩けるか？」

「なんとか」

「銀蔵、手を貸せ」

吉松にいわれて、銀蔵は吉松と二人で栄次に肩を貸した。

「兄貴、ここは早く去ったほうがいいです」

痛みを堪《こら》えながらいった栄次は、銀蔵を見た。

「おまえ、なぜ、ここに……？」

「そんなことより傷の手当てが先だ」

「心配するな、これくらいでくたばってたまるか」

「それだけ無駄口がたたけりゃ大丈夫だ」

吉松が安心させるようにいう。

銀蔵と吉松は栄次に肩を貸しながら、無縁坂を上りつづけた。背後には徳七の死体が転がっていた。そのそばにあった提灯の火は、すでに消えていた。

「銀蔵、おめえも聞き分けのねえ野郎だ」

歩きながら吉松がぼやくようにつぶやいた。

銀蔵は何も答えなかった。三人はただひたすら坂を上りつづけた。

六

脇腹を斬《き》りつけられた栄次だったが、傷は思ったほど深くなく、出血もひどくなかった。医者の診立《みた》てでは、十日もすれば傷は癒えるということだった。

それを聞いて胸をなで下ろした銀蔵は、心に決めていたように一度木更津に帰ることにした。

江戸を発《た》ったのは、吉松と栄次が敵討ちを果たした三日後のことだった。

木更津船は積み込んだ荷といっしょに、行商人と旅の客を乗せて内海を進んでいた。空は高く晴れ渡り、海はいつもの輝きを放っている。

船縁《ふなべり》に立つ銀蔵は、波を蹴散らす舳《みよし》のずっと先を見つめていた。三年ぶりの帰郷には、えもいえぬ感慨が胸の内にあった。それは後悔と懺悔《ざんげ》、そして親兄弟の顔を見られるという期待感だった。

江戸橋に近い木更津河岸を発った船は、昼下がりに故郷の港に近づいた。

銀蔵は懐かしい浜や、深緑の太田山を眺めつづけていた。海岸通りの先のほうに、料理屋と旅籠を兼ねた実家が見えた。

船を降りると、往還からそれて裏道を歩いた。野辺の花を手折り、妹菊が眠る墓地に向かった。細い野路には懐かしさが溢《あふ》れていた。周囲の蟬時雨《せみしぐれ》も江戸とは一味違って感じられた。木漏れ日の射す道を歩いていくと、やがて墓地にたどり着いた。

墓地は小さな丘の上にあり、眼下には幼いころから見慣れた海が広がっていた。

木更津の銀蔵から、枝島茂吉に戻った瞬間だった。

墓のまわりをきれいに掃除して、線香を上げ、手折ってきた花を供え、手を合わせた。

「菊……、兄ちゃんだよ。おまえに会いに来たよ」

つぶやいた銀蔵は、陽気だった妹の笑顔を脳裏に浮かべた。

「……兄ちゃんは元気だよ。おまえも元気でやっているかい？」

墓に向かって話しかける銀蔵は、そこに菊がいるような錯覚を覚えていた。

やがて海が黄金色に輝き、西の空が紫がかった朱に染まると、銀蔵は菊の墓をあとにした。知り合いに会わないように、畦道《あぜみち》や裏道を辿《たど》り、実家に近づいた。

風雪に耐えた大和屋《やまとや》の看板は昔のままだった。玄関には暖簾がかけられ、戸が開け放されていたが、人影が見えないので脇道にまわり込み、裏の勝手口が見える小さな畑に立った。青葉を茂らせた柿の木と、実を落とした枇杷《びわ》の木の陰で、勝手口に目を注いだ。そばの畑は、父の茂兵衛《もへえ》と母のきよが野菜を作るために耕作したのだった。

しばらく人の姿を見なかったが、勝手口から茂兵衛が出てきて、薪束《まきたば》の上に腰をおろした。銀蔵は胸を高鳴らせた。三年ぶりなのに、父はずいぶん老けて見えた。顔のしわも深く、その数も増えたようだ。髪にも霜を散らしていた。

「おとっつぁん……」

小さなつぶやきが口をついて出た。

茂兵衛は煙草を呑みながら、どこか遠くを眺めていた。西日を受けたその顔は健康そうである。銀蔵は飛び出していきたい衝動を必死に抑えるために、枇杷の枝を強くつかんだ。

「あんた、そろそろ風呂を焚いておくれよ」

勝手口から現れたのは母のきよだった。手拭いを姉さん被《かぶ》りにして、前垂れをしたその姿はいつもと変わらなかった。しかし、母も老けて見えた。遠目にも肌のつやが落ち、疲れた顔をしていた。それでも少し太ったようだ。

きよはすぐに家のなかに戻って見えなくなった。

「……おっかさん」

銀蔵がつぶやくと、きよに生返事をした茂兵衛が、腰をたたきながら立ち上がった。すると、見知らぬ男が出てきた。小さな声で何かをいって、家のなかに引き返そうと

したが、すぐに振り返り、

「薪は明日わたしが割りますから。親父さんは風呂をお願いします」

と、今度ははっきり聞き取れる声でいった。

歳は三十ぐらいだろうか。真面目《まじめ》そうな男だった。その男と茂兵衛が家のなかに消えると、裏庭に射していた西日が薄れ、夕闇が漂いはじめた。

銀蔵は躊躇《ためら》いつづけていた。一目会いに行ってもいいのではないか。挨拶の一言もするべきではないか。だが、そうすることができない。江戸で何をやっているといえばいいのだ。ただ元気でやっているというだけではすまない。父も母もあれこれ聞いてくるに違いない。頑固な父は、なぜ帰って来やがった、と心とは違うことをいうかもしれない。いや、そんなことにかまうことはない、一目元気な姿を見せてやれという心と、もう自分は家には戻れない男になったのだという心が、せめぎ合った。

踏ん切りをつけられないまま枇杷の木陰に佇んでいると、ふいに姉の定が、姿を現した。銀蔵は目を瞠った。定は足踏みをしながら、背中におぶった赤子をあやしていた。小さな声で唄《うた》を口ずさみ、暗くなった空を眺めまわした。

「姉ちゃん……姉ちゃん……」

銀蔵は堪えつづけた。赤子をあやす定を眺めながら、一歩足を踏み出した。飛び出したい衝動を抑えきれなくなった。

「……姉ちゃん」

もう一度つぶやいたとき、定が何かを思い出したように家のなかに戻った。銀蔵はきっかけを失って、やるせないため息をついた。

あたりがすっかり暗くなり、頭上の天蓋《てんがい》がきらめく星たちに埋め尽くされると、銀蔵は後ろ髪を引かれながら実家を離れた。夜道ですれ違う浜の漁師が、めずらしそうに銀蔵を見たが、大和屋の倅《せがれ》だとは気づかなかったようだ。

その夜は、浜通りの外れにある小さな旅籠に泊まった。江戸や近在の行商人たちが泊まる宿で、主《あるじ》も銀蔵のことは知らないはずだった。

薬屋の行商人と相部屋だったが、銀蔵は終始思い詰めた顔で黙り込んでいた。何かと話しかけてきた薬屋も、そのうちしゃべるのをやめてしまった。

「あれ、あんた大和屋の茂吉さんじゃない?」

そんなことをいったのは、厠に行くときにすれ違った女中だった。銀蔵は振り返って女中を見たが、覚えがなかった。

「いいえ、人違いでしょう」

銀蔵が言葉を返すと、女中は首をかしげて、よく似ている人がいるもんだといった。

その女中は翌朝、朝餉《あさげ》の膳を調えながらまた話しかけてきた。

「よく似てる人がいるもんだわね。するとお客さんはどこから見えられたの？」

と、日に焼けた顔で、飯を盛りながら聞く。

「江戸の油問屋です」

聞かれれば、いつしかこう答えるのが身についていた。

「へえ、江戸。するとこっちには行商で……」

「まあ、そんなとこです」

銀蔵は飯を受け取った。

「いつ帰るんです？」

よくしゃべる女中だった。

「これから発ちます」

「それじゃゆっくりしてられないわね。わたしの友達に大和屋のお定さんという人がいるんですけどね、その弟さんにお客さんがよく似てるようなので、ごめんなさいね」

「いいえ」

「ほんとはその弟さんが家を継ぐはずだったんだけど、いろいろあったみたいで、いまはお定さんが養子をもらって家を継いでるんですよ。元気な赤ちゃんも生まれてねえ。あ、遠慮なくお代わりしてくださいな」

銀蔵は昨夜見た男が、家の婿養子になったのだと知った。

すると姉がおぶっていた赤ん坊はあの男との間に出来た子なのだ。そんなことを思っていると、急に食が進まなくなった。

船が出るまで少し時間があったので、浜を歩いてみた。すでに漁師舟が出ており、沖のほうにはいくつもの帆掛け舟が見られた。浜辺に立って、両親と姉の元気そうな姿を見ただけでいいではないかと、自分を納得させた。

港に戻ると、江戸に運ばれる荷物が船に積み込まれて、出港準備が進められていた。銀蔵はその作業がすんでから、船に乗り込んだ。来るときより客は少なかったが、代わりに大量の荷が積まれていた。

帆が張られ、舫《もや》いがほどかれると、船はゆっくり港を離れた。舳先《へさき》が波を切りながら方向を変える。船のまわりを鷗《かもめ》たちが鳴き騒ぎながら飛び交っていた。

銀蔵は船縁に立ち、港を振り返った。小さな港町は明るい光に包まれ、深緑の山は朝日に輝いていた。荷を下ろした大八車と牛車が港から離れていた。それと入れ替わるように走ってくる人の姿を見て、銀蔵は凝然となった。

走ってくるのは二人。一人は赤子をおぶっている。一人は父茂兵衛だった。二人は岸壁に立つと、一心な眼差《まなざ》しを銀蔵に送ってきた。銀蔵も見返した。すでに船は港から半町は離れていた。

「茂吉！」

定の声が海をつたってきた。

「茂吉、茂吉ィ！」

定がもう一度呼んだ。その横に立つ茂兵衛は怒ったような顔で、両手を拳に握りしめ銀蔵を見ていた。

ばさっと、風を孕《はら》んだ帆が音を立てて大きくふくらんだ。鷗の声がうるさい。

「茂吉、茂吉ー！」

定の叫びとも取れる声が、銀蔵の胸を締めつけた。

「姉ちゃん、おとっつぁん」

銀蔵は小さなつぶやきを海に落とした。

船はどんどん沖に出ていた。茂兵衛が岸壁にしゃがみ込んだ。だが、定は船を追うように小走りになった。

茂吉、茂吉と繰り返し呼んでいる。銀蔵の胸が熱いもので満たされた。周囲を憚《はばか》ることなく、銀蔵は声を張った。

「姉ちゃん！」

一度叫ぶと、もうどうでもよくなった。

「姉ちゃん！　姉ちゃん！」

両目から涙が噴きこぼれた。

「姉ちゃん、姉ちゃん……ねえ、ちゃ……」

声はいつしか涙声になり、ついに嗚咽《おえつ》になった。もう姉の声は聞こえなかったが、銀蔵は岸壁を走りつづける定を見つめつづけた。その姿もじきに、涙で曇り、やがて小さい点になっていった。

銀蔵は離れゆく木更津の海を見つめつづけた。

おれは一生、この海を忘れない、忘れてはいけないと心にいい聞かせていた。

やがて船は舳先を江戸に向けて走りはじめた。白い波飛沫《しぶき》が、泣き濡れた顔にかかった。銀蔵は大きく息を吸って吐き、空をあおいだ。

雲ひとつない空は、海と同じように透き通った色をしていた。

●銀蔵の一人語り――

あれが最後だった。

木更津の海を見たのも、親父《おやじ》とおふくろ、そして姉の顔を見たのも……。姉の産んだ赤ん坊の小さな手を取ってあやしたかったが、それはもう叶《かな》うことではない。男の子だったのか女の子だったのか、それをたしかめることもできなかった。

だが、おれのなかでは、いまでもそうだが、生まれ故郷の海は生きている。そして、おれは一生あの海を忘れることはなかった。

なんだ、二人とも。やけにしんみりした顔しやがって……。

銀蔵は神妙に話を聞いていた千代と清吉を見て、小さく笑ってみせた。

草餅《くさもち》はもうねえじゃねえか。お茶もなくなっているぜ。

なに、自分の知らないことがいろいろあっただと。あたりまえだ。いまだから話せることだが、人に知られてほしくないことはいっぱいあったさ。つまるところ、お千代さんも清吉も、何もかもおれのことを知っているわけじゃないってことだ。

それはお互い様だって……。お千代さんは相も変わらずだ。歳とっても人間てえやつは、いつまでも同じなんだな。

清吉、おしずのことになぜそう拘《こだわ》る。そりゃ、あれきりじゃなかったよ。だけど、おしずはおしずで幸せにならなきゃならなかった。おれはそう思ったし、おしずだってちゃんと自分の道を見つけようとしていたんだ。

なに、二人でぼそぼそ話してやがる。聞こえるようにしゃべらねえか。なにも怒っちゃいないさ。おまえさんたちとこうやって話せるようになって、いい暇つぶしができて嬉《うれ》しいくらいだ。

それはそうとなんだって？　清吉、はっきりいいやがれ。

なに、今度はおまえから見たおれの話をするだと。おいおい、お千代さんまでそんなことをいうかい。しょうがねえな。だが、それもちょいと面白いかもしれねえ。おまえさんたちが、おれのことをどう見ていたかってことも知りたいからな。

いいだろう、それじゃたっぷり耳を傾けることにするよ。だが、いまは待ってくれ。おれもちょいと話し疲れた。一休みしたあとにしてくれねえか。

まだいいだろうって、そんな無理をいうな。おれだって昔みたいに若くはないんだ。一休みしたらまたやってくるよ。それじゃ、またださ……。

本書はハルキ文庫（時代小説文庫）の書き下ろしです。

時代小説文庫
い 9-2

望《ぼう》郷《きょう》の海《うみ》 侠客《きょうかく》銀蔵《ぎんぞう》江戸《えど》噺《ばなし》

著者 稲《いな》葉《ば》 稔《みのる》

2008年6月18日第一刷発行

発行者 大杉明彦

発行所 株式会社 角川春樹事務所
〒101-0051 東京都千代田区神田神保町3-27 二葉第1ビル

電話 03(3263)5247[編集] 03(3263)5881[営業]

印刷・製本 中央精版印刷株式会社

フォーマット・デザイン＆シンボルマーク 芦澤泰偉

ISBN978-4-7584-3345-7 C0193
http://www.kadokawaharuki.co.jp/[営業]
fanmail@kadokawaharuki.co.jp[編集] ご意見・ご感想をお寄せください。

時代小説文庫

鳥羽 亮
剣客同心
鬼隼人
書き下ろし

日本橋の米問屋・島田屋が夜盗に襲われ、二千三百両の大金が奪われた。八丁堀の鬼と恐れられる隠密廻り同心・長月《ながつき》隼人《はやと》は、奉行より密命を受け、この夜盗の探索に乗り出した。手掛かりは、一家を斬殺した太刀筋のみで、探索は困難を極めた。そんな中、隼人は内与力の榎本より、旗本の綾部治左衛門《じざえもん》の周辺を洗うよう協力を求められる。だが、その直後、隼人に謎の剣の遣い手が襲いかかった――。著者渾身の書き下ろし時代長篇。

（解説・細谷正充）

鳥羽 亮
七人の刺客
剣客同心鬼隼人
書き下ろし

刃向かう悪人を容赦なく斬り捨てることから、八町掘の鬼と恐れられる隠密廻り同心・長月隼人。その隼人に南町奉行・筒井政憲より、江戸府内で起きた武士の連続斬殺事件探索の命が下った。斬られた武士はいずれも、ただならぬ太刀筋で、身体には火傷の跡があった。隼人は、犯人が己丑の大火の後に世間を騒がせた盗賊集団世〝世直し党〟と関わりがあると突き止めるが、先には恐るべき刺客たちが待ち受けていた……。書き下ろし時代長篇、大好評シリーズ第二弾。

（解説・細谷正充）

時代小説文庫

鳥羽 亮

死神の剣

剣客同心鬼隼人

書き下ろし

日本橋の呉服問屋・辰巳屋が賊に襲われ、一家全員が斬り殺された。八丁堀の鬼と恐れられる南町御番所隠密廻り同心・長月隼人は、その残忍な手口を耳にし、五年前江戸を震え上がらせた盗賊の名を思い起こす。あの向井党が再び現れたのか。警戒を深める隼人たちをよそに、またしても呉服屋が襲われ、さらに同心を付狙う恐るべき剣の遣い手が——。御番所を嘲笑う向井党と、次々と同心を狩る『死神』に対し、隼人は、自ら囮となるが……。書き下ろし時代長篇、大好評シリーズ第三弾。(解説・長谷部史親)

鳥羽 亮

闇鴉《やみがらす》

剣客同心鬼隼人

書き下ろし

闇に包まれた神田川辺で五百石の旗本・松田庄左衛門とその従者が何者かに襲われ、斬殺された。八丁堀の鬼と恐れられる隠密廻り同心・長月隼人は、ひと突きで致命傷を負わす傷痕から、三月前の御家人殺しとの関わりを感じ、探索を始める。だが、その隼人の前に、突如黒衣の二人組が現われ、襲い掛かってきた。剣尖をかわし逃げのびた隼人だったが、『鴉』と名乗る男が遣った剣は、紛れもなく隼人と同じ「直心影流」だった——。戦慄の剣を操る最強の敵に隼人が挑む、書き下ろし時代長篇。(解説・細谷正充)